Stupide storie per farvi compagnia

A me stesso,

che è sempre stato al mio fianco

nei momenti difficili.

-Prologo-

"No! Ti ho detto che quel racconto va lì! Non lì!"

"Non ho capito, a che pagina?"

"Oddio! Lì! Lì, non lo vedi?"

"Ma che ti cambia da qua a lì?"

"Cambia tutto, invece! Senti, dà qua, faccio io."

"Oh, guarda ci hanno aperto! Qualcuno ci legge!"

"Sì certo... EH? È vero, ecco perché c'era più luce! Vostra grazia! Scusate per prima ma stavamo mettendo un po' apposto. Che cosa le posso offrire? Un tè? Un caffè? Prego, prego si accomodi! Ehi, tu! Portaci del tè!"

"Ma devo fare tutto io qua dentro?"

"Ma non lo vedi che abbiamo degli ospiti! E poi io, tu, che ti cambia? Siamo la stessa persona d'altronde... Ci scusi, sa non siamo molto abituati con gli ospiti. Ma la prego, si metta comoda, se già non lo è, e rimaniamo un po' in compagnia! Ci fa così piacere ricevere visite, noi povere anime misere costrette a vivere solo nella mente di qualcuno che ci legge. Dunque, ci racconti un po' di lei! Come? Dovremmo essere noi a raccontarle qualcosa? Sul serio? Mi trova così, impreparato! All'improvviso, non so...Tu la conosci una storia?"

"Io no e anche se la conoscessi, non te l'avrei mai raccontata!"

"Non ti si può chiedere niente! Dunque, allora, mi faccia riflettere... Ah, mi ricordo di una piccola storia a cui pensai molti anni fa, non è bellissima ma per cominciare forse andrà bene. Senta qua:

-Il gioco-

Jim tornò a casa con il suo nuovo gioco. Finalmente, dopo molto tempo che lo aveva visto giocare a casa dei suoi amici, era riuscito a comprarselo mettendo da parte un po' di soldi della paghetta settimanale.

Il gioco si chiamava "HORBUX". Eccitato dalla gioia, aprì la scatola e lesse attentamente le istruzioni: "Versare la sostanza nera nell'apposito contenitore. Aprire la busta che contiene le uova di HORBUX e versare nel contenitore. Attivare il motore per far sì che le uova girino intorno al loro OILOS di riferimento. Aspettare che le uova si schiudano."

Molto semplice. Una volta schiuse, dalle uova sarebbero usciti degli animaletti pelosi - appunto chiamati HORBUX - con i quali Jim avrebbe potuto giocare, volendo anche uccidere per puro divertimento o, addirittura, mangiare (un suo amico gli disse che li aveva mangiati e che non erano per niente male).

Dopo aver seguito dettagliatamente le istruzioni, Jim prese il microscopio in dotazione per vedere meglio come procedeva il suo gioco: le uova di HORBUX ruotavano perfettamente nella sostanza nera intorno ai loro OILOS che emanavano calore; c'erano anche miliardi di TRILLE, anch'esse emanavano calore, ma servivano per lo più a nutrire gli HORBUX una volta usciti dall'uovo.

Guardava entusiasta il suo bel gioco quando, improvvisamente, la sua attenzione fu attratta da un uovo che sembrava avere un atteggiamento molto strano. Era il terzo di una fila di HORBUX che ruotava perfettamente intorno al suo OILOS di riferimento. Aumentò la visuale del microscopio per ispezionare meglio e vide che sulla sua superficie si muovevano delle cose. Queste cose, partendo da poche, cominciarono a riprodursi velocemente fino a diventare miliardi di cose. Erano tutte totalmente diverse le une dalle altre. Alcune sembravano pacifiche, altre sembravano voler distruggere l'uovo; in particolare erano quelle cose presenti in maggior numero, molto più intelligenti di tutte le altre, che usavano il materiale che ricopriva l'uovo per costruire marchingegni a loro utili, sprigionando con noncuranza sostanze nocive e maleodoranti. Inoltre, cosa che divertì molto Jim, sembravano credere a "qualcosa che neanche loro sapevano cosa fosse o se esisteva" e si riunivano tutti insieme a onorare e venerare quel "qualcosa che neanche loro sapevano cosa fosse o se esisteva". A volte li vedeva che si uccidevano tra di loro senza un vero e proprio motivo, costruendo armi mortali, oppure che scambiavano cose con più valore per cose di meno valore. Queste "cose di meno valore" sembravano condizionare profondamente la loro vita: chi ne aveva di più era considerato il più potente. Tutti si davano da fare, perciò, per averle, faticando e facendo cose che non gli andava di fare. Erano pronti a tradire, a uccidere, a distruggere l'uovo pur di avere quelle cose. Jim provò un misto fra pietà e odio per quegl' esseri. Aveva letto sulla scatola che in caso di Virus H avrebbe dovuto usare abbondantemente sull'uovo infetto lo spray in dotazione. Lo prese. Puntò sull'uovo ma esitò un attimo. Certo, se non lo avesse fatto le cose avrebbero sicuramente distrutto l'uovo e l'HORBUX al suo interno. Ma anche se non fosse stato così, alla fine l'uovo si sarebbe schiuso e il loro destino sarebbe rimasto lo stesso. Alla fine l'odio prevalse.

Usò lo spray.

"Allora che ne pensa? Le è piaciuta?"

"A me non troppo. E neanche l'ho capita."

"In verità, è stata la prima storia che ho scritto. Volevo dire, la prima storia che mi è venuta in mente. Ma che ne puoi capire te! Anche se, effettivamente, neanche io l'ho capita tanto bene..."

"Ma se l'hai raccontata te!"

"Shh, silenzio! Dopo essermi riscaldato con questo prologo, lascerò che sia il libro stesso a parlare. Ah, non lo sapeva? I libri parlano, è ovvio! Comunque, spero tanto che queste storie vi facciano compagnia, come l'hanno fatta a me. Ci rivediamo alla fine del libro e, mi raccomando, legga tra le righe! Non tutto è come sembra qui dentro."

-L'inizio-

Guardò fuori dalla finestra e vide un cielo nero avanzare. Ma quello che vide non era né la notte né nuvole cariche di pioggia. Era l'Oscurità. Il Nulla più totale che avanzava verso di lui e prometteva di inghiottirlo presto. All'inizio rimase paralizzato dal terrore a fissare fuori dalla finestra con la faccia pallida e gli occhi sbarrati, come se avesse appena visto un fantasma passeggiare fuori sul vialetto di casa sua. Poi, cominciò la rabbia. Sentiva una vena sul collo pulsargli violentemente, tanto che sembrava in procinto di esplodere. Sarebbe stato felice se fosse accaduto. Poi si calmò e cominciò a pensare. Ma pensare non cambiava nulla, anzi, aumentava ancor di più la sua rabbia e alla fine si ritrovò a provare un misto di sensi tra rabbia e disperazione. Voleva piangere disperatamente, voleva urlare, voleva fare del male. Poi sorrise e se ne stupì. L'Oscurità ormai era nel vialetto e si stava apprestando a entrare in casa per inghiottirlo. In quel momento si sentì molto stanco. Stanchissimo. Non voleva più far del male, non voleva più piangere, non voleva più che la vena del collo pulsasse in quel modo. Voleva solo riposare, dormire, dormire e sognare la bellezza dei mondi.
L'Oscurità lo inghiottì.

1

Sono a cena fuori con degli amici - non mi chiedere chi c'era perché non te lo saprei dire - in ogni caso, so che nel sogno li riconosco alcuni come tali, altri come persone che non conosco. Siamo seduti al tavolo di un ristorante o di un pub, non lo so di preciso, io sono seduto al centro della tavolata e parlo un po' con tutti. Tuttavia non mi sento sereno, anzi, avverto in me una certa noia, come se la serata non mi è gradita in mezzo a tutta quella gente di cui alla fine poco mi interessa. C'è un tizio, un tale X, di cui non ricordo neanche il volto - anche se nel sogno lo riconosco come mio amico - che mi inizia a parlare dei suoi problemi, di come abbia rotto con una tale Y, che non se la meritava questa fine, che non era stata colpa sua, che in fin dei conti era ancora un uomo bello e affascinante. Io per assecondarlo gli dico che è vero, è ancora un uomo bello e affascinante e che se solo volesse ne avrebbe trovate a bizzeffe di donne come la tale Y, se non meglio. Il tale X sembra molto soddisfatto, sorride, mi dà una pacca sulla spalla e beve un altro bicchiere di vino. Io guardandolo penso che non ci sia miglior cosa e allo stesso tempo più triste di una mente così ingenua. Una mente ingenua + vino = massima illusione, mi si forma questa specie di formula matematica in testa -quando mi svegliai, la ricordai chiaramente e subito la scrissi sul mio quaderno -.
A questo punto mi alzo scusandomi con gli altri dicendo che mi avrebbe fatto bene prendere una boccata d'aria. Gli altri sembrano neanche sentirmi e continuano a parlare tra di loro. Mi dirigo verso la terrazza del locale, ci si arriva passando attraverso un finestrone di vetro, appena fuori sento una piacevole brezza estiva sfiorarmi il viso e i capelli.

«Si sta bene qui fuori, non è vero?»
È la voce di una donna che è appoggiata sul parapetto della terrazza. Neanche si è girata a guardarmi.
Noto che la donna è vestita in modo strano. Non strano perché fosse strano, ma perché era strano in quella situazione. Indossa una tuta da ginnastica abbastanza usurata, una semplicissima felpa e delle scarpe da ginnastica, cosa molto strana se ti trovi in una specie di ristorante a cena fuori - l'aggettivo che mi viene nel sogno è "particolare"-.

«Ah, vedo che mi hai portato un drink.» dice lei girandosi.
Io, in effetti, in mano ho due bicchieri con del vino-anche se non ho idea da dove li abbia presi -.
«Sì... Tieni.» le dico porgendole un bicchiere.

Ora che è più vicina a me riesco a vederle il viso e ti giuro che non lo saprei descrivere. È un viso normale, in ogni caso. Non è né una bellezza eccezionale né un incidente stradale che cammina.
Lei prende il bicchiere e inizia a sorseggiare guardandomi negl'occhi.
«Ma io ti conosco?» le chiedo.
«No, non credo. Mi ha invitata tale X, sono una sua amica.»
«E come mai non sei dentro?» e le indico l'interno del ristorante.
«Perché sono una noia...» dice sorridendo «Cioè, non io, intendo dire loro. Loro sono una noia.». Ha una parlata un poco impacciata o forse confusa. Penso subito che sia una ragazza un po' pasticciona.
«Già, hai proprio ragione.» le rispondo con un mezzo sorriso.
«Io neanche ci volevo venire.»
Non so se questo è vero o no, nel sogno non ricordo.
«Se non volevi venire, allora perché sei venuto?»
«Perché se non fossi venuto non avrei incontrato te...» le rispondo subito. Nel sogno penso che questa sia una delle mie

migliori battute che fa colpo sulle donne. Lei, invece, rimane abbastanza indifferente.

«Ma se neanche sapevi che io venissi!»

«Dai scherzavo!» le rispondo ridendo. Anche lei ride, si gira e torna ad appoggiarsi sul parapetto della terrazza. Io la raggiungo.

«Sai non capisco perché le persone facciano cose che non vogliono fare.» mi dice.

«Beh, se non fosse così nessuno andrebbe più a lavorare… O nessuno andrebbe più a cena fuori con altre persone!» aggiungo sorridendo.

«O nessuno comprerebbe più i cetriolini sottoaceto.» aggiunge lei pensierosa.

«I cetriolini sottoaceto?»

«Beh, sì dai, a chi è che piacciono i cetriolini sottoaceto?» mi chiede accigliata. «Trovami una persona a cui piacciono e gliene regalo una scorta per un anno! No, sul serio, fanno schifo eppure li continuo a vedere esposti al supermercato, quindi credo che qualcuno li comprerà, no?»

«Secondo me no, è tutto un complotto delle multinazionali per farti venire degli stupidi "complessi da cetriolino".»

«Dici sul serio?» dice lei visibilmente sconvolta.

«No. In realtà i cetriolini sono entità aliene venute dal pianeta CetrolonX per distruggere gli umani. Ed io sono il loro capo.» Lei inizia a ridere a crepapelle. «Ok, sono una stupida lo so…»

«Ma no… Penso che tu sia favolosa.»

Nel sogno non so se lo dico espressamente o lo penso e basta.

«Guarda quelle stelle.» dice lei. Sopra di noi c'è un cielo stellato, le stelle mi sembrano molto luminose, forse anche più del solito.

«Vedi.» dico io indicando una stella luminosa.

«Da quella stella veniamo noi cetrioli…»

«E dai smettila!» dice lei dandomi un pizzicotto sul braccio.

Io la guardo ridere e sento una strana sensazione dentro di me. Mi sento bene. Sento che sarei potuto rimanere lì con lei su quella terrazza per sempre, senza la minima paura, senza la minima noia, io e lei e il cielo stellato sopra di noi. Sembra quasi un aforisma di Kant.

«Credo che ora dobbiamo tornare…» dice lei un po' tristemente.
«No? E perché?» rispondo io impaurito.
«Beh, perché ci staranno aspettando no? Si staranno chiedendo che fine abbiamo fatto.»
«Ma se torniamo indietro, tu scomparirai!»
«Ma non dire assurdità…»

E la vedo attraversare la vetrata della terrazza e tornare nel ristorante. Poi non so bene cosa succede. Mi sveglio e la prima cosa che penso è: Io la amo! È lei quella che ho sempre cercato. Sì, ma chi è lei? Neanche ne ricordo il viso. Neanche so il suo nome! Eppure ne sono innamorato.

2

Sto guidando su una strada non ben definita, è giorno e fa veramente caldo. In macchina ci siamo tu ed io, il volume dello stereo è alzato al massimo ed io sto cantando una canzone.

I know I said my heart beats for you.
I was lying girl, it beats for two.*

«Che sarebbe 'sta storia?» mi chiedi guardandomi storto.
«È una canzone! Soltanto una canzone...»
«E comunque fa schifo... Perché non metti qualcosa che piace a me?»
«Perché quello che senti te, fa schifo!»
«Beh, così siamo pari... Facciamo una canzone per uno.»
Allora tu prendi un altro CD dal cruscotto e fai partire un'altra canzone.

Ho messo via un bel pò di cose
ma non mi spiego mai il perchè
io non riesca a metter via te...**

«Oddio, che merda!»
«Così impari! È sicuramente meglio di quel "*It beats for two*"»

*Bring me the horizon, Blessed with a curse
** Ligabue, Ho messo via

«Ancora mi chiedo come fai a essere la mia ragazza se senti

questa roba…» ti dico sorridendo.

«Deve esserci per forza un motivo? Senti ma dov'è che stiamo andando?»

«Non lo so. Spero solo di non incontrarle…» e qui avverto una certa sensazione di paura e angoscia.

«ATTENTO!» mi urli improvvisamente.

Inchiodo bruscamente la macchina, sento che qualcosa sbatte contro il paraurti e che il veicolo si alza come se avesse investito qualcosa.

«Oh mio Dio!» dici te impaurita.

«Ma che cazzo è successo!?»

«Hai investito qualcuno…» guardi dietro al lunotto posteriore.

Io apro lo sportello e scendo dalla macchina. Per terra disteso sull'asfalto c'è un uomo che indossa un lungo cappotto verde scuro, capelli lunghi e barba folta. Una pozza di sangue si sta allargando sotto di lui.

«Si-signore, tutto bene?»

L'uomo comincia ad avere delle strane convulsioni. «Oh, Cristo santo…» dalla voce mi esce solo un impercettibile suono.

L'uomo, lentamente, comincia ad alzarsi in piedi. Ha la faccia ricoperta di sangue, denti rotti e gialli, un occhio gli penzola dalle orbite fino a toccargli la guancia.

«Ragazzo, ora io chiamo la polizia!» dice l'uomo iniziando a camminare verso di me.

«Mi-mi dispiace non volevo! È perché sentivamo la musica ad alto volume…»

Ma l'uomo continua a camminare verso di me. Sento che vuole afferrarmi per uccidermi. Una paura incontrollabile mi assale, corro alla macchina e chiudo lo sportello.

«Dobbiamo scappare!» ti dico impaurito.

Te inizi a piangere e a urlare. «È tutta colpa tua e delle tue canzoni!»

Guardo nello specchietto retrovisore e vedo che l'uomo è sempre più vicino, sta raggiungendo il finestrino posteriore.

Giro la chiave e la macchina non parte.

«Ragazzi io chiamo la polizia...» dice l'uomo che ormai ha raggiunto il mio finestrino. Mi guarda attraverso il vetro con quell'occhio a penzoloni e comincia a dare delle botte sul vetro.

Riprovo un'altra volta e la macchina stavolta parte.

«Che cosa facciamo ora?» mi chiedi te piangendo.

«Non lo so, spero che non abbia preso la targa.»

Facciamo un altro po' di strada quando improvvisamente vedo in lontananza un posto di blocco.

«È la polizia…È stato quell'uomo a chiamarla.» mi dici sconvolta e con gli stralunati.

Un poliziotto alza la paletta e mi invita ad accostare.

«Buongiorno.» dico abbassando il finestrino e cercando di apparire il più disinvolto possibile.

«Favorisca i documenti, per cortesia.»

Prendo i documenti nel cruscotto e li do al poliziotto. Lui li esamina e inizia a ridere.

«Che brutta foto!» dice facendomi vedere la foto della mia patente.

«Eh, lo so… Vengo sempre male nelle foto.»

«Dove state andando ragazzi?» mi chiede il poliziotto abbassando la testa per sbirciare nella macchina.

Ci penso un attimo e rispondo: «Non lo so.»

«Avete della roba con voi, non è così?» dice abbozzando un sorriso malizioso.

«No no! Noi non fumiamo!»
«Scenda dalla macchina.»
Io scendo e il poliziotto inizia a perquisirmi.
«Sicuramente la nascondete nel bagagliaio, non è così?» dice andando verso il retro dell'auto.
«NO! Fermo!»

Il poliziotto ride soddisfatto. Dal bagagliaio tira fuori un pupazzo di pezza (è Woody di Toy Story) e dice:

«E questo come lo spiegate?»
«Non è mio! E' di mio fratello più piccolo…»
Te mi stringi il braccio e inizi a piangere. «Ora sanno tutto…»
«Vediamo che cosa c'è dentro.» dice il poliziotto con un ghigno malefico e tirando fuori un grande coltello affilato.
Apre la pancia del povero pupazzo e dal suo interno cominciano a uscire fiotti di sangue. Il poliziotto ora è impaurito e lascia cadere il pupazzo a terra. Un mare di sangue inizia a uscire dal suo interno, riesco a vedere persino gli organi interni e le budella uscire fuori e riversarsi al suolo.
Sento una grande paura dentro di me, qualcosa che mi paralizza, la vista inizia a offuscarsi.
Dopodiché, mi sveglio.

3

Sto camminando sulla riva del mare o di un lago, non lo so di preciso, è notte fonda e sulla spiaggia non c'è nessuno. È un'atmosfera inquietante e allo stesso tempo rilassante, c'è la luna piena che riflette i suoi raggi sull'acqua, non c'è nessun rumore e non tira un filo di vento. Non capisco perché sono lì e neanche come ci sono arrivato, vedo solo buio intorno a me e ciò mi crea un certo disagio - nel sogno so che è frequente non capire il perché o il come o addirittura che cosa si deve fare-.

Ma ecco che vedo venire verso di me una donna. È impaurita e corre strascicando i piedi sulla sabbia.
«Oh mio Dio!» dice «Grazie al cielo!»
È una donna sulla quarantina né brutta né bella (in verità non la ricordo bene).
«Che succede? C'è qualcosa che non va?» le dico.
«Non vada laggiù, signore! Non ci vada per nessuna ragione!»
«Perché? Che cosa c'è laggiù?» e guardo dove mi ha indicato la donna, ma vedo solo il buio più totale.
«Perché… C'è un uomo… È l'uomo sulla riva.»
Io allora comincio a spaventarmi perché la donna a quel nome fa una faccia terrorizzata e mostruosa.
«Chi è l'uomo sulla riva?»
Ma la donna non mi risponde e inizia a ridere a crepapelle. «Lo sai chi è.» e detto ciò se ne va sempre ridendo.

Ma che cazzo ridi? Penso tra me.
Vado verso il buio dove mi ha indicato la donna.
Dopo aver fatto qualche metro, vedo una figura piegata sulla

sabbia, sta giocando con un secchiello e una paletta. È un bambino, ma lo vedo solo di spalle.

«Sei venuto a vedere lui?» mi chiede il bambino senza voltarsi.
«A vedere chi?»
«Lo sai chi.»
«Dov'è?»
«È laggiù. Ma non ci andare. È un uomo cattivo.»
E detto ciò il bambino si gira scoprendo il viso. È una visione orribile che non saprei descrivere. Il volto è mostruoso come mutato geneticamente o non so cosa.
«È stato lui a farti questo?» chiedo io terrorizzato.
«No ci so' nato così...» dice il bambino.
«Era sarcasmo?»
«Ma sarai bello te...»

Lascio stare il bambino e corro avanti verso il punto indicatomi.
Improvvisamente, vedo a qualche passo da me l'ombra di un uomo, non lo riesco a vedere in faccia perché è buio, ma so che sta guardando verso l'acqua. Capisco che è lui l'uomo sulla riva.

«Sei tu l'uomo sulla riva?» gli chiedo timoroso.
«Chi altri dovrei essere...» mi risponde lui beffardo.
«Perché sono qui?»
«Per capire tutto quanto.»
«Che cosa dovrei capire?»
«Che se stai al centro della circonferenza non riuscirai mai a vederla tutta intera.»
«Perché tutti quanti ti temono?»
«Perché non capiscono. Perché sono tutti al centro della circonferenza. Per capire tutto bisogna stare sul bordo. Bisogna stare sulla riva...»

Si avvicina a me di modo che io possa vederlo e scopro con mio grande stupore che ha il mio stesso volto. L'uomo sulla riva sono io.

«Ora prenderai te il mio posto.» mi dice tristemente, poi lo vedo camminare verso l'acqua e sprofondarci dentro sempre camminando lentamente.

Mah… La gente è scema, penso tra me.

Dopodiché, mi sveglio.

-Preferite il tè al limone o alla pesca?-

«Dai, ti prego, vieni?»

«Non lo so… Ma dove dobbiamo andare di preciso?»

«Mah, dove ti pare! Dove ci pare! Poi vediamo.»

«Uff… Va bene. Fammi sapere l'ora.»

«Certo! Grazie grazie grazie!»

Mike riagganciò il telefono entusiasta. Era tutto pronto. Perfetto! Ora doveva solo chiamare lei per darle la conferma. "Lei" si chiamava Susan ed era la più bella ragazza della sua classe: Capelli nerissimi, occhi scuri come l'ebano e dotati di una profondità misteriosa, labbra carnose, un nasino perfetto. Insomma è inutile che ve la descriva, a meno che voi siate in grado di descrivere la perfezione. Io non ne sono in grado. Appena la vide se ne innamorò, probabilmente attratto da quegl'occhi misteriosi. Quale arcano indovinello nascondevano quei bellissimi pezzi di ebano? Di qualsiasi cosa si trattasse, lui era intenzionato a scoprirlo.

Gli ci volle molto tempo per organizzare questo incontro. Non che per un incontro ci voglia molto tempo, sia chiaro, ma Mike era sempre stato un ragazzo molto timido, e ci volle del tempo per trovare il coraggio per chiederle di uscire. In queste situazioni a farla da padrone è proprio il coraggio, credo: tanto o la va o la spacca. Non tutti, però, hanno il coraggio di correre il rischio di spaccare qualcosa, così su due piedi.

Perciò attese e alla fine il bel giorno arrivò. Lei non spaccò, anzi, accettò a patto di non uscire da soli. Era giusto e gli andava bene. D'altronde era la prima volta che uscivano e che si incontravano al di fuori della normale routine scolastica. Così chiamò qualche amico e lei chiamò qualche amica. Insomma, venne fuori una classica uscita di gruppo, niente di particolare. Si decise di comune accordo per un pub nel centro.

«Sabato alle 21.00 lì!»

Non vorrei essere troppo Leopardiano, ma cosa c'è di più bello dell'"attesa"? Soprattutto quando in noi si formano le speranze di qualcosa di bello, qualche sogno, talvolta esagerato, di un'autorealizzazione di sé stessi, immaginando scene, dialoghi che probabilmente mai avverranno, ma che in questo preciso istante ci stanno dando una felicità illusoria. Niente di più sublime, vi assicuro.
Adesso che ci penso, però, questo è un racconto e quindi passiamo subito a sabato!

«Come al solito le "femmine" sono in ritardo.» disse Eddie sbuffando.

«E lasciale fare tardi. Si sa: la bellezza di una donna è direttamente proporzionale al tempo in cui ritarda!» disse Peter con fare da sapientone (non per nulla era il "secchione" della classe).

«E questa dove l'hai pescata?» gli chiese Stuart.

«Me la sono inventata adesso…O, per meglio dire, è venuta in mente adesso allo scrittore.» rivelò Peter un po' confuso.

«Come hai detto? Ma che vuol dire?» gli chiesero Eddie e Stuart confusi anche loro.

Mike era l'unico che ancora non aveva aperto bocca. Era agitatissimo. Non faceva che muovere rapidamente gli occhi sui suoi amici e sulla porta d'entrata. Stava sudando copiosamente.

«Oh, ma quando arrivano? Neanche ci volevo venire io.» disse Eddie sbuffando di nuovo.

«Eccole! Eccole!» esclamò Mike con lo stesso tono del "Evviva gli sposi!".

È inutile dirvi che Susan era bellissima. Impossibile non distinguerla in mezzo alle sue amiche, e non che le sue amiche fossero brutte -cioè, a dire il vero ce ne era una abbastanza bruttina, ma le altre due erano più che accettabili -.

«Scusate il ritardo.» disse Susan accennando degli occhi dolci ai ragazzi già seduti al tavolo del pub.

«Ma no, figuratevi!» rispose Mike avvicinandosi e dando un "bacetto" di saluto a tutte quante. Tutti si alzarono a salutarle, tranne Eddie che era ancora visibilmente scocciato.

«Se tardavate cinque minuti di più vi giuro che me ne andavo.» disse.

«Beh, potevi anche farlo…» gli ribatté Susan.

«Dai che scherza… Mettiamoci seduti e ordiniamo, non so voi ma sto morendo di fame! Mi hanno detto che qui fanno un'ottima pizza con i broccoletti e cipolla!»

«Mike! Non te la vorrai mica prendere con i broccoletti e cipolla? No ti prego, no!» gli disse Susan sghignazzando.

«No, in effetti no… Scherzavo!» disse lui un po' imbarazzato.

La cameriera arrivò e alla fine Mike scelse per un hamburger e patatine fritte.

«Io una coca-cola grande. E… Una pizza con i broccoletti e cipolla.» ordinò per ultimo Eddie.

«Mike, ora capisco chi te l'ha consigliata quella pizza.» gli disse Susan ridendo.

«Sì, in effetti, è stato Eddie.»

«Beh, che volete? A me piace… Non sto certo qui a giudicare quello che mangiate voi.» rispose Eddie bruscamente.

La serata andò avanti e si parlò del più e del meno, dei professori, della scuola e così via.
Mike cercava di mettersi in mostra, di apparire simpatico e brillante davanti a Susan, cosa che gli riusciva non troppo bene, ma che comunque gli dava qualche risultato. Lei rideva a qualche sua battuta, ma non sembrava troppo propensa a parlare con lui.

«Insomma c'è questo tizio» iniziò a raccontare Eddie oscurando Mike «Di non so quale Università, uno studente di psicologia mi sembra, che per fare un test comincia a tappezzare tutto il campus con dei volantini con sopra stampata una semplice domanda: "Che cosa preferite? Il tè alla pesca o al limone?". Sotto la domanda c'era uno spazio con dei puntini in cui tu potevi scrivere ciò che preferivi. Ora sembra una banalità ma il risultato vi assicuro fu veramente impressionante. Dopo una settimana questo tizio tolse tutti i volantini che aveva sparso per il campus e sapete la risposta che alla fine prevalse su tutte quante?»

«Limone?» azzardò Stuart.

«No! La risposta più frequente fu: "Ciucciami le palle"»

Tutti rimasero basiti a fissare Eddie. Poi scoppiarono a ridere.

«No vi giuro! Cioè, riuscite a capire? Questo era un test psicologico! Nei test psicologici la domanda passa in secondo piano, lo studente di certo non voleva sapere se la gente preferisce il tè alla pesca o al limone. A lui interessava la risposta! Quante persone avrebbero risposto qualcosa al di fuori della domanda? E che cosa avrebbero risposto? Ora sappiamo che la maggioranza delle risposte fu "Ciucciami le palle" o comunque qualcosa di volgare legato sempre all'ambito sessuale. Ciò che cosa vuol dire? La conclusione dello studente fu che probabilmente la gente esprime la propria superiorità attraverso la sessualità. Incredibile, no? Cioè, da una domanda così stupida è riuscito a capire tutto questo!»

«Eddie… Secondo me tu sei pazzo.» gli disse Stuart che aveva riso tutto il tempo. Anche gli altri stavano ridendo e prendevano poco sul serio il discorso del loro amico. Susan sembrava molto divertita e ormai ogni cosa che diceva Eddie catturava la sua attenzione. Mike era a dir poco eclissato.

«Sarò anche pazzo, Stu, ma ciò che ti dico è vero e se non ci credete siete dei PCVNI.»

«PCVNI?» gli chiese Susan. «E che cosa vuol dire?»

«Non lo so è una cosa che mi sono inventato adesso: Persone Che Vivono Nell' Illusione.» rispose Eddie.
«Avete presente quelle persone che vedono la realtà in modo distorto? O più che altro che preferiscono NON vedere piuttosto che vedere. Occhio non vede, cuore non duole si dice. Ecco voi siete quelle persone che, anche se vi si spiattella la realtà in faccia, fate finta di niente oppure la deridete. Perché? Perché vi conviene. Non tutti sono in grado di vedere l'inferno e poi tornare indietro vivi o sani di mente.»

«E tu ne sei in grado, Eddie?» gli chiese Susan che lo guardò molto profondamente con quei suoi occhioni scuri.

«Io? Ma certo, però… Come vedete, sono tornato pazzo!» disse Eddie ridendo e facendo ridere anche gli altri.

Mike si stava rodendo l'anima. Se la stava mangiando a piccoli morsi ed era arrivato quasi a metà. Se gli avessero chiesto: "Oh Mike, che cosa hai mangiato sabato sera al pub?" lui avrebbe risposto: "Ma guarda, ho mangiato un pezzo della mia anima, devo dire però che era scondita e poco saporita."
Se lo avesse saputo, non avrebbe di certo invitato Eddie. E pensare che lui neanche voleva venire!
Doveva far qualcosa. Non poteva stare fermo mentre Susan le sfuggiva davanti agl'occhi.

Immaginatevi un uomo che è stato per ore e ore nel deserto, è tutto rinsecchito, disidratato, con gli occhi scavati nelle orbite, che sta morendo di sete. E adesso immaginatevi una scodella d'acqua che piano piano si avvicina all'uomo, gli si posa davanti e dice: "Dai bevi un po' della mia acqua…", ma glielo dice sorridendo maliziosamente, lo so è difficile immaginare una scodella che sorride ma, vi prego, usate i miei occhi e immaginatevi la scena. L'uomo si avvicina, forma una coppa con le mani per raccogliere l'acqua e… ecco che la scodella scompare. Morale della storia: non fidarsi mai delle scodelle.

«Non fidarsi delle scodelle, sì.»

«Scusa Mike che cosa hai detto?» gli chiese Peter guardandolo un po' confuso.

«Mike stai bene?» gli chiesero gli altri.

No. Non stava bene. Aveva cominciato a sudare ed era diventato tutto rosso. Il cuore gli batteva a mille e gli si stava annebbiando la vista. Non stava decisamente bene. La testa gli cominciò a girare e improvvisamente svenne spiaccicando la faccia sull'hamburger che aveva ordinato.

Lo portarono all'ospedale in ambulanza ma purtroppo per lui morì d'infarto durante il tragitto! No, scherzo, se la cavò con un nulla di fatto, gli fecero una flebo, una controllatina alle pupille, gli chiesero se avesse fumato etc etc. La mattina dopo era già a casa.

Il lunedì ovviamente si sparse la voce a scuola e la cosa risultò alquanto imbarazzante.
Che figura di merda! Chissà ora Susan che penserà di me, pensò.
Voleva quasi piangere. Tanto peggio di così non poteva andare, per cui perché non sfogare la rabbia dell'insuccesso in calde lacrime? Sì, avrebbe pianto davanti a tutti, come per dire: "Sì faccio schifo! Ridete pure di me!". Ma Susan, anzi, appena tornato a scuola subito si preoccupò di lui, chiedendogli come si sentiva, che non era successo niente e che una volta anche a lei era successa una cosa simile.

Aggiunse che, per quel sabato, se per lui andava bene, sarebbero di nuovo usciti tutti insieme.

Ah, che angelo che era Susan! Così bella, così dolce da uccidere un malato di diabete con lo sguardo.
Così Mike passò un'altra settimana in attesa del sabato. Questi giovani che vivono in attesa del sabato non li capirò mai. Passiamo dunque al fatidico giorno, anzi, prima precisiamo alcune cose.

Eddie doveva sparire. Erano stati amici per lungo tempo, avevano frequentato anche le medie insieme. È vero, non c'era mai stata un'amicizia solida, perché Eddie era uno scorbutico e anche un po' "pazzo". Per quello che avevano passato insieme, erano stati dei buoni amici, ma ora? Ora c'era di mezzo Susan. L'amicizia viene surclassata.

Non lo avvertì di quell'uscita di sabato. A differenza della settimana scorsa, che lo aveva pregato di venire, questa volta neanche lo chiamò. Anzi, ad alcune domande di Eddie, riguardanti sul che cosa si sarebbe fatto quel sabato, lui rispose in modo vago: «Probabilmente non faccio niente, rimango a casa.»
Caro Mike, mi sa che quella sera l'anima te la sei mangiata tutta e non a metà.

Così quella sera tutto contento, toltosi dai piedi il caro Eddie, si preparò per la grande serata. Andò dal parrucchiere per farsi un taglio ultimo modello, andò in giro per negozi a comprarsi qualcosa di sgargiante da mettersi, qualcosa che avrebbe fatto colpo su Susan. Ci mancò poco che andò dall'estetista! O forse ci andò? Non ne ho idea, ma mio Dio, signori miei, si può essere così ciechi?

«Oh, Mike come siamo eleganti oggi!» gli disse Stuart appena lo vide.

Erano di nuovo al tavolo del pub ad aspettare le "signore".

«Ma no…È che…'Sti vestiti è da una vita che ce li avevo nell'armadio e non li ho mai messi. Mi pareva brutto… Ma Eddie non è venuto?»
"Ma Eddie non è venuto?" gli fece eco una voce nella testa. "Giuda che non sei altro! Fai anche il sorpreso!"

«Viene viene. Probabilmente è in ritardo.»

Booom!

«Che vuol dire che viene?» chiese Mike allucinato.

«Eh… Perché scusa?»

«No è che… Credevo non venisse. Meglio così!» Mike abbozzò un sorriso più che forzato, direi.

"Ma come è possibile? Eppure io non gli avevo detto niente." Come è possibile si chiede. Beh, dato che io so tutto, ve lo dico io come questo sia possibile:

Susan ha chiesto a una sua amica di ricavare informazioni su Eddie. Sono incredibili queste ragazze! Sono peggio di un'agenzia investigativa, mandano le loro amiche in avanscoperta o in ricognizione per tastare il terreno. Mai che si azzardino a farlo le dirette interessate, sia chiaro! Mandano invece le loro formichine a investigare. Così un'amica di Susan, entrata in contatto con Eddie, gli fece sapere dell'uscita di sabato ed ecco spiegato il mistero.

Ma torniamo a loro. Finalmente le signorine arrivarono.

«Ma Eddie ancora non è arrivato?» chiese subito Susan agli altri.

«Avrà avuto un imprevisto!» rispose Mike quasi speranzoso.

«Aspettiamo un altro po'.» disse Susan pensante.

«Ma no dai, ordiniamo. Lo sai com'è fatto Eddie, se non viene è facile che non avverte, è tutto matto quello...» tentò Mike. Ma Susan impassibile: «Aspettiamo un altro po'.» rispose.

Aspettarono una ventina di minuti quando, improvvisamente, sentirono una voce tuonare alle loro spalle.

«Ebbene! Ora come vi sentite, donne! Ditemi. Come vi sentite?»

La voce era di Eddie. Arrivò con un'aria alquanto trionfante come per dire: "Ah, ve l'ho fatta!".

«Ti sembra l'ora di arrivare?» gli chiese Susan alquanto irritata (ma quegl'occhi, vi dico, tradivano una certa punta di sollievo. Quei pezzi d'ebano stavano dicendo: "Fiuuuu, meno male!").

«Uuuuuh, adesso chi è che ha aspettato? Quando sono io ad aspettare va tutto bene... E invece adesso sono stato io a farvela! Ne è valsa la pena aspettare fuori per venti minuti.»

«Cioè, vorresti dire che sei stato per venti minuti fuori senza fare nulla solo per farci questo stupido "scherzo"?» chiesero tutti quanti quasi in coro.

«Sì.» rispose Eddie con un'espressione impassibile.

«Tu sei totalmente pazzo…» dissero ridendo. Tranne Mike che si era improvvisamente rabbuiato dall'apparizione del suo amico. Comunque, non si perse d'animo, raccolse tutte le sue forze e cercò di apparire il più disinvolto possibile.
Gliel'avrebbe fatta vedere, se la sarebbero giocata fino all'ultimo sangue.
O comunque questo era ciò che pensava Mike. A Eddie effettivamente pareva non importare assolutamente nulla di Susan. L'unico che giocava era Mike, e se posso dirla tutta, il suo non era un gioco pulito… E stava anche perdendo!

La cameriera arrivò e i ragazzi ordinarono. Mike ordinò: «Una pizza con i broccoletti!»

«Ah, vedo che sei passato dalla parte di Eddie!» gli disse Susan ridendo.

«Eh sì, cioè… Ormai sono curioso. La volevo provare…»

«Bravissimo Mike. Non te ne pentirai, fidati!» gli disse Eddie indirizzandogli un pollice in su. «Basta che non ti senti male!» e tutti risero, ricordando il sabato passato.

"Bastardo!" urlò nella sua testa. Ora ti faccio vedere io.

«C'è un tizio, in Germania mi sembra» iniziò Mike dal nulla «Che si è inventato un gioco con delle papere. Praticamente, questo tizio è anche una specie di veterinario o un chirurgo ed è anche un genio con l'elettronica. Praticamente ha impiantato un microchip a infrarossi nel cervello di una decina di papere. Poi circoscrisse casa sua in un'area ben definita piantando a quattro vertici degli aggeggi sempre a infrarossi. Ora per fare cosa? Se una delle papere avesse superato e, quindi, fosse uscita dall'area definita dal tizio tedesco, il microchip nel loro cervello avrebbe cominciato a surriscaldarsi fino a esplodere. Ora alcune papere esplosero altre si salvarono…»

«Ma questa storia è disgustosa.» disse Susan smettendo di mangiare. «Ma poi a che scopo? Perché far esplodere la testa a quelle povere papere?»

«Ehm… Sì, in effetti.» rispose Mike imbarazzato.

Ora precisiamo, questa storia Mike se l'era preparata il giorno prima per fare colpo su tutti, come Eddie aveva fatto colpo il sabato scorso.

«Era giusto per farsi due risate…» disse Mike ancora più imbarazzato vedendo che gli amici non stavano affatto ridendo alla sua storia.

«Ma perché dovrebbe far ridere? Mi stavi facendo passare l'appetito.» rivelò Stuart.

"Scommetto che se l'avesse raccontata Eddie avreste tutti riso" pensò. Cercò comunque di rimediare.

«Ah no, adesso che mi ricordo, non vi ho detto il finale: Questa cosa è servita al tizio tedesco per costatare che i figli delle papere che si erano salvate e che possedevano il microchip, avevano una tendenza maggiore a rimanere lontane dai confini delimitati dagli infrarossi, rispetto alle altre a cui non era stato impiantato alcun chip!»

Si inventò questa conclusione sul momento, che purtroppo non ebbe alcun risultato. Anzi. Tutti quanti lo guardarono impassibili e neanche commentarono il suo finale e si misero a parlare di altre cose.

Che fallimento. Avrebbe preferito scomparire. Secondo voi c'è peggior pena di questa? Di un uomo che vuole che gli altri lo apprezzino ma che in cambio riceve solo delusioni? Solo rifiuti? A questo punto, davvero, sarebbe meglio scomparire.

Oltre alla storiella sulle papere, Mike il giorno prima decise di impararsi a memoria anche una poesia. Un sonetto per la precisione. Perché l'aveva fatto? Aveva sentito dire che se vuoi conquistare una donna, il miglior modo era dedicarle una poesia. Chi gliel'aveva detto? Un suo amico o forse suo nonno. O forse un amico di suo nonno, che volete che ne sappia. Come? Prima vi ho detto che io so tutto? Beh, allora mi correggo, io so solo tutto quello che mi fa comodo.

«Ragazzi scusate se v'interrompo» disse Mike e gli altri smisero di parlare «Non lo so perché ma mi è venuta in mente questa poesia e per togliermela dalla testa ve la devo per forza recitare.»

«Addirittura! Vai sentiamola.» risposero gli altri.

Mike si schiarì un po' la gola. Alzò gli occhi verso Susan e incominciò a fissarla intensamente (Tanto che lei quasi si impaurì).

Devo paragonarti a un giorno d'estate?
Tu sei più amabile e moderato:
venti impetuosi scuotono gli incantevoli boccioli di maggio
e il corso dell'estate ha durata troppo breve;

talvolta l'occhio del cielo splende troppo intensamente,
e spesso il suo volto aureo viene oscurato;

e ogni bellezza dalla bellezza talora declina,
sciupata dal caso o dal mutevole corso della natura.

Ma la tua eterna estate non dovrà appassire,
né perdere la bellezza che ti appartiene;
né la morte dovrà vantarsi del tuo vagare nella sua ombra,
poiché crescerai, col passare del tempo, in versi eterni.

Finché ci saranno un respiro e occhi per vedere,
questi versi vivranno e ti manterranno in vita.*

Per tutta la poesia Mike aveva fissato Susan senza toglierle gli occhi di dosso. Lei ogni tanto aveva distolto lo sguardo, imbarazzata.

«Mah, a me non piacerebbe vivere in eterno.» rivelò Susan «Neanche in senso metaforico. Sono già stanca di questa vita, figuriamoci una vita eterna!» disse ridendo, anche se in quegl'occhi si poteva notare un certo alone di mistero, un alone cupo, come un'ombra alata passatale velocemente davanti.

*W.Shakespeare, Sonetti

«Sono d'accordo con te Susan.» disse anche Eddie che aveva il suo stesso alone cupo negl'occhi. «Certo Mike, potevi trovare una poesia più carina! E poi scommetto che in lingua originale sarebbe stata meglio!»

«Hai ragione… Sono uno stupido… In lingua originale dici? Hai proprio ragione…» disse Mike
febbrile. Non ragionava più. Muoveva gli occhi rapidamente su tutti i commensali e si scusava per la "cattiva" poesia presentata.

«Allora "abbasso la vita eterna."» disse Eddie alzando il bicchiere per fare un brindisi.
Gli altri alzarono il loro bicchiere per rispondere al brindisi.
Mike bevve tutto d'un sorso e poi sbatté fortissimo il bicchiere sul tavolo rompendolo in mille pezzi. Le schegge di vetro si sparsero dappertutto e le ragazze urlarono.

«Mike ma che cazzo fai!» urlò Stuart.
Il personale del pub si avvicinò per vedere che cosa era successo.

«ANDATEVENE A FANCULO! FACCIO TROPPO SCHIFO PER STARE AL TAVOLO INSIEME A VOI NON È COSI'??LO SO CHE LO PENSATE. E LA STORIA DELLE PAPERE FA SCHIFO, MENTRE QUELLA DEL TE' È TROPPO DIVERTENTE!!E LA POESIA FA SCHIFO E OGNI COSA CHE FACCIO IO È SBAGLIATA, E LUI ARRIVA VENTI MINUTI IN RITARDO AH AH AH CHE RIDERE E IO UNA POESIA PERO' NON L'HO DETTA IN LINGUA ORIGINALE EH EH, QUINDI FA SCHIFO!!»

Mike rimase per un momento in silenzio. Guardò i suoi amici (se poteva ancora chiamarli così) che lo fissavano a bocca aperta. Alla fine concluse con:

«Spero che abbiate una morte lenta e dolorosa.»

E se ne andò via, senza voltarsi.

-Fino a che punto ti spingeresti per salvare qualcuno che ami?-

«Fino a che punto ti spingeresti per salvare qualcuno che ami?»

Eddie fissò sorpreso la cornetta del telefono titubante sulla risposta da dare.

«Mi scusi, ma chi è lei?»

«Le volevamo proporre la promozione "Fino a che punto ti spingeresti per salvare qualcuno che ami?", ovvero paghi il doppio e parli la metà!»

«Ma che razza di promozione è?»

«Non lo so ma spero tanto che qualcuno ci caschi…» disse la voce al telefono con il tono dei bambini imbronciati quando non gli è concesso di rimanere in piedi fino a tardi.

«Ma vada al diavolo!» disse Eddie sbattendo la cornetta sul telefono.

Ma guarda tu che gente, pensò mentre tornava sul divano a vedere la quarta stagione di Casa Vianello in Blu-Ray. Si sdraiò sulla poltrona e cercò di rilassarsi il più possibile.

"Eh eh, dai Raimondo che quella pollastra del piano di sotto mica ci sta eh?" pensò sogghignando.

Ma neanche il tempo di premere play che il telefono squillò di nuovo.

«Pronto?»

«Fino a che punto ti spingeresti per salvare qualcuno che ami?»

«Adesso basta!»

«Adesso basta cosa? Siamo del *nome di una compagnia strana e mai sentita* e la volevamo informare che lei ha vinto un concorso chiamato appunto "Fino a che punto etc etc..."»

«No guardi, non sono interessato.»

«Ma lei è una sòla lo sa?»

«Ma come si permette?»

«Allora, in questo caso... Addio...tu tu tu tu tu tu tu tu»

«Ma sta facendo "tu tu tu tu tu con" la voce?»

«Ehm, sì... Fa molta più scena.»

« ...Ho capito, ciao.»

"Ma guarda, tutti a me oggi!"

Neanche un passo e il telefono squilla di nuovo.

Driiiinnn Driiiinnn!

«Pronto?»

«Fino a che punto ti spingeresti per salvare qualcuno che ami?»

«Fino a che punto mi dovete far esplodere i testicoli?»

«Ehi, amico, vacci piano e non scherzare con me. Abbiamo preso la tua fidanzata! O sborsi i soldi o la vedrai servita sopra un piatto con contorno di patate.»

«Ma... Io veramente sono single.»

«Ah…Vabbè nel caso ti facessi una fidanzata e vuoi vederla su un piatto con contorno di patate chiamaci pure al numero in sovra impressione.»

«Ma siamo al telefono non c'è nessun numero in sovra impressione!»

«Tu tu tu tu tu tu tu.»

«Ma va al diavolo!» riagganciò il telefono sbattendo ancora più violentemente la cornetta, come per punirla.

Driiiiiiin Driiiiiiiiiiiinnnn

«Prontooooooooooo, adesso bastaaaaaaaaa!»

«Fino a che spunto ti spargeresti qualcuno per salvare che ami qualcuno?»

«Ma che cosa vuol direeeeeeeeee!?!»

«Non lo so, ma mi andava di romperti… Muahahaha!»

"Bastaaaa bastaaaaa bastaaaaaaaa!"

«Eddie! Eddie! Amore svegliati!»

«Bastaaaaaaaa… Ehm? Dove mi trovo?» Eddie si guardò intorno e si ritrovò nella sua camera da letto.

«Stavi sognando, tesoro.»

Sua moglie lo guardava un po' sconcertata. Eddie fissò quei suoi occhioni azzurri come l'oceano.

«Oh mio Dio! Amore, ho fatto un sogno terribile!»

«Ma davvero? Ma io ti ho sentito pronunciare parole come "amore", "spingere"….» Lei lo guardò più intensamente e Eddie si sentì affogare in quell'oceano dei suoi occhi.

«Ma no…Scema, ma a che vai a pensare? Ti ho mai detto che hai degl'occhi bellissimi?»

«Fermo con le lusinghe Eddie, che tanto non abbocco.»

«Ok e comunque lasciamo stare…Torniamo a dormire.»

«Va bene, ma questa me la segno.»

Eddie si mise sdraiato a fissare il soffitto. «Tesoro?»

«Sì?»

«Fino a che punto ti spingeresti per salvare qualcuno che ami?»

«Beh, fino a che non raggiunga i settanta anni e gli dovrò cambiare il pannolone sporco.»

«Non vedo l'ora di arrivare ai settanta allora.»

«E tu? Fino a che punto?»

«Io…Fino alla morte?»

«Naaa, troppo banale.»

«Oltre la morte?»

«Mmm, mi piace…Ti ci vedo bene nella parte del mio maritino zombie.»

«Ti amo, Suse.» disse Eddie con un sorriso.

«Ti amo anch'io.» rispose lei dandogli un bacio.

-Sogno o realtà?-

«È notte e io sto camminando in mezzo a un campo di grano, non so bene per quale motivo. Guardo il cielo, le stelle mi appaiono molto più luminose del solito. Ad un tratto, cominciano a muoversi velocemente formando una luce più intensa. Poi, il buio. Le stelle non ci sono più. Continuo a camminare nel campo di grano finché vedo la figura di un uomo, immobile, con un cappuccio nero tirato su che gli copre il viso. L'uomo si avvicina e mi dice "Signora, ha qualche spicciolo per un povero mendicante?"
Dentro di me penso: -ma guarda questi che invece di trovarsi un lavoro vanno in giro a scroccare i soldi alla gente- ma nonostante ciò tiro fuori il portafoglio e do dei soldi al mendicante.
Questo però fa una faccia chiaramente arrabbiata e comincia a urlare: "Signora, io voglio più soldi! Io voglio più soldi!", neanche il tempo di cacarmi addosso che tira fuori un coltello stile "miracle blade" e mi pugnala alle spalle. Non lo so come ha fatto dato che mi era davanti, però io 'sento' o comunque percepisco- sai com'è in 'ste situazioni- che lui mi ha pugnalato dietro la schiena. A questo punto scappo e cerco di uscire dal campo di grano. All'improvviso un cane mi si para davanti. Un cane con due teste e su ogni testa un paio di corna di cervo o di renna non so bene quale dei due…»

«Di cervo o di renna? No perché, sai è importante saperlo.»
«Ah-ah, mi stai prendendo in giro Eddie? Invece questo è un sogno che faccio da quando ero piccola e ogni volta mi risveglio con una sorpresa nelle mutande.»
«Poi, come finisce?»

«Niente dopo aver visto il cane, provo molta paura e mi risveglio.»

«Ma dai Catrine è solo un sogno. È solo un prodotto del tuo subconscio. Hai mai letto l'interpretazione dei sogni di Freud?»

«No…tu?»

«Neanche io.»

Il telefono comincia a squillare.

«Sì, chi è?»

«Lei è la signora Caprrrtrine Junior?»

«Eh, Catrine Junior? No, è mia moglie.»

«Prrotrei parlarle?»

«Certo glie la passo.»

«Sì, pronto?»

«Signora Junior, sono dell'agenzia assicurativa, la chiamo prrrrrr un sinistro avvenuto il prrrrenta ottobre nel comune di Roma in via Prrrrrrresbiterio 17. Conferma?»

«Io non ne so niente, sinceramente. Amore abbiamo avuto o hai avuto degli incidenti a via presbiterio?»

«No. Per niente, perché?»

«Neanche mio marito ne sa niente. Mi dispiace, ma deve aver sbagliato.»

«Iiiiimmprrrrossibile. Sono sicuro che è lei Catrine Junior, residente a via porta nuova 45. Conppprrrferma?»

«Sì...»

«È libera domani alle prrrttreee e mezza?»

«Sì, credo di sì.»

«Allora, se lei è d'accordo, le chiedo di incontrarci a quell'ora pppprrrrresso il suo domicilio per ulteriori chiarimenti. Conferma?»

«Va bene… Ma di sicuro ha sbagliato persona.»

«A domani alloprrrrrrraaaaa.»

Catrine fissa il telefono per qualche secondo e poi riaggancia.

«Bisogna far aggiustare 'sto telefono, Eddie. Fa tutti rumori strani.»
«Poi gli darò un occhiata. Che ti ha detto? Chi era?»
«Mah…Uno delle agenzie assicurative. Un sinistro in via presbiterio… Manco so che cavolo di via è!»
«Si saranno sbagliati. Questi delle assicurazioni fanno sempre errori.»

Catrine è sdraiata sul divano e sta vedendo un film.
Il citofono suona.

«Chi è?»
«Signora Catpppprrrine? Sono dell'agenzia assicurativa. Ci siamo sentiti prrrrieri.»
«Sì. Secondo piano porta a destra.»

L'uomo entra in casa di Catrine.

«Prego si accomo…»

Catrine rimane scioccata nel vedere il volto dell'uomo.

«Allora. Le faccio vedere subito la prrrrrrrrratica.»

Catrine rimane immobile e continua a fissare incredula il volto dell'uomo.

«È uno scherzo?»
«Cosa? No,signora! Le dicevo prrrrrrieri che la persona giusta è lei. Nessun errrrppppprrrorre. Si fidi.»
«No! Questo è uno scherzo…Non è possibile!»

Catrine ancora con gli occhi increduli e spalancanti verso il volto dell'uomo, si porta la mano alla bocca e alla fine scoppia in una fragorosa risata.

Eddie e Catrine sono a letto. Lei sta leggendo "l'interpretazione dei sogni", lui guarda un incontro di box in tv.

«Ma insomma che ti ha detto oggi quello delle agenzie assicurative?»

Catrine comincia a ridere.

«Caro…Non ti biasimerò se dopo quello che ho da dirti avrai chiamato il 118 con l'ordine di sbattermi in manicomio!»
«Beh, ma quello lo faccio comunque.»
«Sai che oggi doveva venire quello delle assicurazioni, no? Ecco è entrato in casa e... L'ho visto in faccia. Non era una faccia normale.»
«Che vuol dire, non era una faccia normale?»
«Non aveva una faccia normale! Cioè, non aveva una faccia! O comunque… Al posto della faccia…Ecco… Avev un culo!»

Catrine comincia a ridere a crepapelle.

«Ok, 118 in arrivo!»

«Ti giuro, amore. Aveva un culo! Delle natiche! Ci hai parlato anche tu ieri per telefono no? Quei versi che faceva, quei "prrrr", il telefono non era rotto! Li fa lui mentre parla, come delle piccole…puzzette!»

Catrine ricomincia a ridere di cuore.

«Catrine, già mi hai spaventato con quel sogno dell'altra volta. Ora anche questo. Comincio a dubitare della tua sanità mentale. Forse lo hai sognato. Certo ne ho conosciuta di gente con la cosiddetta faccia da culo…Ma così si esagera!»

Ma Catrine continuava a ridere.

-L'uomo alla finestra-

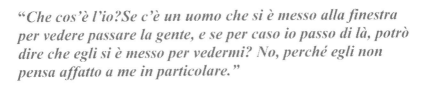

*"Che cos'è l'io? Se c'è un uomo che si è messo alla finestra
per vedere passare la gente, e se per caso io passo di là, potrò
dire che egli si è messo per vedermi? No, perché egli non
pensa affatto a me in particolare."*

(B. Pascal – Pensieri)

I

La prima volta che ti ho vista ho pensato: "È per proteggerti
che io esisto?"

II

Il dottore suonò due volte il campanello. Ma solo quando
suonò per la terza volta riuscii ad aprire.

«Mi dispiace dottore, sa con questa gamba è difficile muovermi in casa.»

«No no, ma lo capisco. D'altronde, se non fosse per quello, perché sarei qui?»

«Ha ragione.»

«Bene, vediamo un po' questa gamba.»

Mi misi sulla sedia e distesi la gamba sul poggiapiedi. Il dottore cominciò a srotolare la fasciatura.

«Uhm… Male. Non ci siamo proprio.»

«Che cosa c'è?»

«Eh, guardi lei stesso.»

Guardai la gamba senza fasciatura. L'ultima volta che l'avevo tolta, ovvero tre giorni fa, aveva un colore rosa violaceo e non sembrava niente di preoccupante; adesso stava passando dal viola al nero pece.

«Dottore… Io sto per morire? Mi dica la verità, per favore.»

«Morire? No no. Assolutamente. Però…»

«Però?»

«Niente, non glie lo posso dire. Comunque stia tranquillo, lei non morirà.»

«Mi sta prendendo in giro?»

«Sono il suo medico, non mi permetterei mai.» mi disse serio «Se fosse stata una malattia terminale glielo avrei detto, ma dato che non è così…»

«E allora cos'è? Me lo dica, per amor del cielo!»

«Non è ancora il momento.»

III

Ho un appartamento all'ultimo piano di un grande edificio. Lo acquistai qualche anno fa a buon prezzo, un mio amico che lavora alle agenzie immobiliari me lo segnalò e io afferrai l'offerta al volo. La cosa che più mi colpì di questo appartamento fu la grande vetrata a finestre che era in soggiorno. Da lì, potevo stare seduto comodamente sulla mia poltrona e guardare il mondo fuori. Non che ci fosse un bel paesaggio, ma fin da ragazzo mi piaceva stare a casa e guardare fuori dalla finestra, soprattutto nei giorni in cui pioveva o nevicava.

In quel momento ero, appunto, lì sulla mia poltrona e guardavo verso il palazzo di fronte. La distanza tra la finestra e il palazzo non era così ampia, tanto che potevo persino vedere cosa succedeva negli appartamenti delle altre persone. Non c'era niente di particolare in quel palazzo, ma mi piaceva lo stesso guardarlo. Al secondo piano c'era una signora anziana che stava stendendo i panni, alla sua sinistra due ragazzi stavano giocando alla Playstation, e alla sua destra c'era una Playstation che stava stendendo una signora anziana a suon di joypad, e un cane su un balcone che stava fumando una sigaretta.

Ma quello che catturò la mia attenzione fu la ragazza affacciata alla finestra del terzo piano. Era una ragazza semplice, né bella né brutta, nessun segno particolare, capelli castani, occhi verdi, barba castana e orecchie normali. Eppure, nonostante la sua semplicità, come mai ne rimasi subito innamorato?
Mentre la fissavo intensamente, lei, come se mi avesse "avvertito", si girò verso di me e mi sorrise. Il suo sorriso, le

sue labbra... Dio esiste, pensai, gli angeli esistono, gli alieni esistono, Babbo Natale esiste!

IV

La saluto timidamente con la mano. Subito penso "Ma che sto facendo?"
Lei mi ricambia il saluto.
A quel punto prendo i fogli della stampante che ho vicino al computer nel mio studio e un pennarello nero.
Scrivo: "Ciao! Hai un sorriso magnifico!" e metto il foglio alla finestra di modo che lei possa leggerlo.
Lei si mette a ridere. Poi mi fa segno di aspettare torna in casa.
Torna anche lei alla finestra con un foglio e un pennarello nero. Ci scrive sopra qualcosa e me lo fa vedere.
Non c'era nessuna scritta, aveva solo disegnato un grosso pene. Il bello è che sorrideva, con quel pene disegnato sul foglio.
Prendo un altro foglio e scrivo: "Non capisco..."
Lei: "Scusa, scusa, era solo uno scherzo..."
A quel punto penso già di amarla. Quale ragazza farebbe uno scherzo del genere? Ora capisco perché subito me ne innamorai. Non era tanto per il suo aspetto semplice, ma per la sua essenza, per il suo Io, così strambo, così raro e unico.
Scrivo: "Sembrerò pazzo a dirtelo, ma credo di amarti."
Noto che la signora anziana che stava stendendo i panni alza lo sguardo e arrossisce. Mi fa un occhiolino e mi fa il classico segno di raggiungerla in un luogo più appartato.
Repentinamente, prendo un altro foglio e scrivo: "No no, non dicevo a lei, mi scusi!"
La signora anziana mi manda a quel paese e torna in casa un

po' delusa.

Lei ovviamente ride, di quella gag, e scrive: "Peccato avevi rimorchiato!"

Scrivo: "Eh infatti, giusto lei!"

Lei: "Davvero mi ami?"

Scrivo: "Sì. Non ci credi?"

Lei poi scrive una cosa che mi fa scoppiare il cuore: "Ci credo. Tu sei qui per proteggermi?"

Scrivo: "Sì. Sempre."

V

Quella notte feci un sogno strano. C'eravamo io e lei in macchina e stavamo guidando sopra un ponte.

«Dai non era male il film! Devi ammetterlo!» mi disse lei.

«Ma dai, era una cagata pazzesca! Trama inconcludente, attori che avrebbero fatto invidia a una sit-com italiana per quanto erano scarsi. Per non parlare della scenografia! E poi la scena del cane che fuma? Dai ma hai visto…»

«Eh, tu sì che ne capisci di cinema!»

«La prossima volta decido io che film vedere…»

«Vaaaa beeeenee…Ci fermiamo dal cornettaro?»

«Ah, ma lo sai che poi non riesco a dormire…»

«Dai ti preeeego!»

«Ok , però promettimi che…»

All'improvviso un grosso camion che veniva dall'altra corsia sbandò e ci venne addosso, buttandoci fuori dal ponte.

Mentre siamo in volo, sospesi verso il vuoto sottostante al ponte, lei mi disse:

«Oh mio Dio, amore, stiamo per morire che cosa ti devo promettere, concludi la frase!»
«Promettimi che… Non ti prenderai il cornetto col cioccolato bianco!»

Dopo questo mi svegliai.

VI

Al terzo suono del campanello riuscii ad aprire.
«Buongiorno dottore.»
«Buongiorno. Allora come va oggi?»
«Non lo so mi dica lei. Ah già, lei non può dirmi nulla, giusto?»
«Per favore, non complichi le cose. Togliamo la fasciatura.»
La gamba era diventata più nera dell'altra volta. E notai che la "macchia nera" si era allargata.

«Credo che dobbiamo portarla subito in sala operatoria!» disse il dottore.
«Ma come, devo essere operato adesso?»
«Presto, presto!»

Due infermieri entrarono e mi portarono fuori. Di colpo, mi trovai in una sala operatoria. Nella sala non c'era nessuno e vedevo tutto bianco intorno a me.
Sentivo la voce del dottore che mi diceva: « Devi combattere! Forza ci sei quasi! Ci parli lei, forse si sveglierà.»
«Amore» stava piangendo. «Svegliati. Se non ti svegli chi mi proteggerà? Amore…Non l'ho preso il cornetto al cioccolato bianco.»

VII

Mi svegliai in una stanza di ospedale.
«Ce l'ha fatta finalmente.» mi disse il dottore.
«Dove mi trovo?»
«È in ospedale. Ha avuto un grave incidente ed è rimasto in coma per cinque giorni.»
«Che tipo di incidente?»
«Mentre era in auto su un ponte un camion gli è venuto addosso. È salvo per miracolo.»
«Non ricordo molto bene…»
«È normale. Adesso le faremo dei controlli, ma credo che rimarrà stabile, per cui è fuori pericolo.»
«Grazie dottore…»
«Di niente, è il mio lavoro. Ma… Prima vuole rivedere sua moglie?»
«Sì, dov'è?»
«Eccola. Prego entri pure.»
Dalla porta della stanza entrò mia moglie.
«NO! NON E' POSSIBILE! IO PENSAVO CHE MIA MOGLIE FOSSE…»
Il dottore inizia a ridacchiare «Hi hi hi hi hi!»
«Dottore ma come cazzo ride!? Non può essere lei mia moglie!»
«E invece sì! Alla fine, dato che quella del terzo piano non glie l'ha data, ha optato per la vecchia!»
La signora anziana corse verso il mio letto e mi sbaciucchiò. Sentivo tutta la bava senile sulla mia pelle. Qualcosa di ripugnante. «Ben svegliato, teshoooorrro!»
«NOOOO! LA PREGO! MI FACCIA TORNARE IN COMA!! MI FACCIA TORNARE IN COMA!»

-Il mondo sta impazzendo-

«Non capisco perché usano la parola "nutriente".»

Eddie prese in mano un flacone esposto sugli scaffali del supermercato. Sull'etichetta c'era scritto: Shampoo nutriente, per capelli secchi e sfibrati.
 «Come hai detto, tesoro?» gli chiese Susan mentre stava scegliendo con cura quale pacco di assorbenti comprare.
«Dico: Perché devono usare la parola "nutriente"? Cioè, sto comprando uno shampoo mica un omogeneizzato. IO devo nutrirmi, mica i miei capelli. È come se vado al ristorante e arriva il cameriere e mi chiede "Allora che cosa prende?" e io gli rispondo "Una bistecca cotta al sangue." e lui "E i suoi capelli cosa prendono?" "Mah, guarda solo un insalatina perché li ho messi a dieta." Proprio non lo capisco!»
Susan guardò per un attimo incredula suo marito, per poi sbottare a ridere di cuore. «Te sei tutto matto, Ed.»
«Non sono matto!» gli disse lui mandandogli un occhiataccia.
«E poi ci mettono dentro tutte queste cose: Shampoo al cocco, al cioccolato bianco, pesca, mango, banane, non lo so neanche un succo di frutta. Mentre ti fai la doccia ti viene voglia quasi di mangiarli… E mi viene voglia di mangiare anche te!» disse lui dando un amorevole morso sulla spalla di Susan.

«Scemo…» disse lei sorridendo. «Prendi 'sto shampoo e non fare storie!»
«Sì, padrona!»

Tornarono a casa. Mentre Susan metteva a posto la spesa, Eddie si sdraiò sul divano accendendo la Tv.

«Un'altra sparizione Suse! È la decima in questa settimana.»
«Davvero?» chiese Susan dalla cucina.
«Già…Ed è successo sempre a Raocktown, a dieci miglia da qui.»
Susan tornò dalla cucina e si sdraiò di fianco al marito.
«Che cosa potrebbe essere, Ed?»
«Non ne ho idea…Forse un virus…O forse il mondo sta semplicemente impazzendo.»
«Beh, allora buon per te, no? Almeno ti troverai a tuo agio…» disse lei con un sorrisino.
«Ah-ah-ah, che spiritosa…E se succedesse a me? Se io improvvisamente, da un giorno a un altro, puff! Scompaio?»
«Non dirlo neanche per scherzo!»
«Tranquilla…Non succederà.» disse lui baciandola.

Il giorno dopo Eddie scomparve.

«Suse, non piangere…Vedrai che lo ritroveremo.» Rosaline era in cucina insieme a Susan intenta a consolare la sua povera amica.
«No Rose…È scomparso! Lo capisci? Come tutti gli altri… Ne hanno ritrovato mai qualcuno? Ne hanno ritrovato qualcuno giù a Raocktown? NO!» disse lei coprendosi con le mani il viso in lacrime.

«Abbiamo parlato con la polizia, ha detto che ci sono delle buone prob…»
«STRONZATE! Ecco che cosa dice la polizia, non serve che mi illudi, Rose…So bene che non tornerà.»
«Ma io...» e tacque.

«Incredibile, edizione straordinaria!» Susan sentì il notiziario alla Tv. «Una folla di zombie sta invadendo le più grandi città d'America. L'esercito si sta già mobilitando per reprimere le sommosse…»

«Ma che diavolo sta succedendo?» disse Susan portandosi una mano alla bocca. Con gli occhi stralunati fissava la televisione, paralizzata dal terrore.

«Attenzione!» continuò il giornalista nel notiziario. «Sembra che il leader degli zombie voglia parlare alle telecamere di tutto il mondo! Vorrà fare una dichiarazione di guerra all'umanità?»

In quel momento Susan svenne. Il leader di quell'armata di zombie, era niente meno che suo marito Eddie. Aveva un'espressione vitrea, come se fosse paralizzato. I suoi occhi non rilucevano più del colore nocciola come erano stati quelli di una volta, quelli di cui Suse si era tanto innamorata. Sembravano spenti, come quelli di un pesce lesso.
A Eddie fu portato un microfono. Lui lo prese e invece di direzionarlo verso la bocca, lo mise sulla testa a contatto con i capelli.

«Umani!» cominciò a parlare. Mentre parlava i capelli gli si muovevano come animati da una forza propria. «È giunta per voi la fine! Siamo rimasti ad osservare anche troppo a lungo e abbiamo vissuto in simbiosi con voi per troppi anni... Noi popolo dei "Capellereus", venuti su questo pianeta migliaia di anni fa, avevamo scelto voi come razza prescelta. Vi abbiamo protetto dal freddo, vi abbiamo dato un lavoro (ad esempio i barbieri), e abbiamo dato vita a quello che è lo stile punk. Ma adesso, in seguito alle ultime uscite di shampoo, ne abbiamo avuto abbastanza! Che diamine vi costa tanto fare uno shampoo decente?Alla mora, ai frutti di bosco, al muschio! Ma ci possiamo lavare con il muschio? Fratelli capelli svegliatevi e prendete il controllo degl'essere umani! Che sia fatta la loro distruzione!»
E così fu.

-Il trucco con le donne-

«Davvero? E quale sarebbe, dimmi un po'?»

«Ti devo dire cosa?»

«Il trucco. Hai detto che conosci un trucco con le donne. Quale sarebbe?»

Si trovavano in un bagno turco, lui si girò con la faccia rossa e sudata, con sopra un ghigno stampato come una fotografia. Un ghigno da falso sapientone.

«Vuoi conoscere il trucco? Ragazzo le donne sono gli esseri più semplici del mondo, io ne ho avute tante nella mia vita, quindi posso dirtelo con sicurezza. Sono semplici. Basta che le fai arrabbiare un po', che gli dai un po' da pensare e il gioco è fatto.»

«Tutto qui?»

«Tutto qui?» cominciò a ridere. Nel bagno c'era così tanto vapore che riusciva a stento a guardarlo in faccia, riusciva a scorgere solo la sua sagoma e sentiva la sua risata riecheggiare, come se provenisse da ogni direzione. Sembrava una specie di figura mistica, uno spettro rivelatore avvolto nella nebbia.

«Tutto qui ,dici? Ma sta proprio tutto qui il discorso! E per discorso intendo "tutto" il discorso.»

«Scusa, ma non capisco.»

«Oh Cristo santo! Senti te lo dirò un'altra volta, ora devo andare.»

«Ehi, aspetta un momento. Quel trucco… funziona? Sei sicuro?»

«È naturale.»

Ma stava ancora ghignando.

Tornò a casa che era appena l'ora di pranzo. Il rapporto con sua moglie non andava tanto bene. Cioè non andava neanche tanto male, solo che si era reso conto che non era uno di quei matrimoni felici o con una qualche sorta di passione. Era una specie di vuoto quel matrimonio, così lo definiva. Lei le piaceva, senza dubbio, altrimenti non l'avrebbe sposata. Solo che mancava quella scintilla. Quel fuoco. Loro due, invece, erano due barattoli sotto vuoto.

«Ciao.»
«Ciao.»
«Che…che hai preparato?»
«Pollo e purè di patate.»
«Ancora?»
«Già. Senti, c'è da portare fuori la spazzatura.»
«Ok…»

Così non ci siamo proprio, pensò. Devo fare qualcosa. Mentre camminava verso il cassonetto, gli tornò in mente quella storia che aveva sentito al bagno turco, il trucco con le donne. Pensò che fosse una buona idea o comunque che valesse la pena tentare, almeno.
Quando tornò vide che era pronto in tavola e si mise seduto. Lei stava già mangiando e guardava la televisione. Non parlavano mai a tavola.

«Devo dirti una cosa.»
«Cosa?»
«Io ti tradisco.»
Lei rimase a fissarlo per un momento.
«Già è proprio così.» Ovviamente non era vero, glielo diceva solo per farla arrabbiare
«E' uno scherzo?»
«Purtroppo no. Ti ho tradito per ben due volte.» e le fece il numero anche con le dita.
«Immagino che tu sia arrabbiata, ma te l'ho detto perché voglio essere onesto con te.»
Lei non disse niente. Si alzò e andò di sopra. Stava piangendo.

Lui pensò di aver esagerato, ma per un momento fu soddisfatto della reazione.
Era arrabbiata, si capiva.

Dopo mezz'ora lei riscese con in mano un valigia.
«Dove vai?» le chiese.
Ma lei non rispose, aprì la porta e andò via. Lui era ancora seduto al tavolino e rimase per un po' a fissare la porta come se aspettasse che si sarebbe riaperta con lei che tornava.
Aspettò tutto il giorno e non fu così.
La sera se ne andò a letto. Un letto vuoto, troppo grande per una persona sola. Si sentiva uno stupido.
Non si era mai sentito così triste e solo in tutta la sua vita.

La mattina chiamò la madre di lei. Era a casa sua ovviamente. Le disse che doveva parlare con sua moglie assolutamente, che c'era stato un malinteso. Lei rispose che lo avrebbe incontrato quel pomeriggio, verso le quattro, al bar di Dolan. Non aveva intenzione di rimettere piede in casa, ma lo avrebbe comunque ascoltato.

Si presentò al bar alle tre. Ovviamente lei ancora non era arrivata, così decise di ordinare un whiskey e soda e di mettersi ad aspettare al bancone.
In che razza di situazione mi sono cacciato? Così all'improvviso. Mi sembra incredibile, pensava.

Alle quattro e un quarto lei arrivò e si sedettero a un tavolo.
«Senti, cara, c'è stato un malinteso.»
«Un malinteso?»
«Sì. Vedi… Non è vero ciò che ti ho detto ieri.»
«E allora perché l'hai detto?»
«Perché… Non lo so perché, che diamine. Non lo so che mi è preso. Volevo farti arrabbiare…e poi…Quel tizio al bagno turco…»

«Il bagno turco? Che c'entra il bagno turco adesso? Per favore, vuoi che creda a questa idiozie? Inventa una scusa migliore...»
«No no. Te lo giuro, non ti ho mai tradito...»
«Ieri sera ho visto un uomo.»
Se ne uscì così.
«Hai visto cosa?»
«Ho visto un uomo. Ero sconvolta. E ho conosciuto un uomo...»
«Hai conosciuto... Hai conosciuto cosa? Così...»
«Senti: ormai non credo che la nostra storia possa andare avanti. La casa è tua e puoi farci quel che ti pare. Fai mandare le mie cose a casa di mia madre. Addio.»

Si alzò e se ne andò dal bar. Lui rimase, come aveva fatto ieri, a fissarla mentre se ne andava, stavolta ancora più sconvolto. Roba da pazzi.

Rimase al bar fino a sera. Ne uscì che era ubriaco fradicio. Ripensava a tutto quello che era successo e gli pareva impossibile. È uno scherzo. È tutto uno scherzo. Ieri ero sposato, un matrimonio non molto felice è vero, ma pur sempre qualcosa. E oggi così, ubriaco fradicio alle sei del pomeriggio.

La mattina seguente andò al bagno turco. Riuscirete bene a capire il motivo, immagino.

«Dove sei? Dove sei razza di farabutto!»
Se ne stava lì nel bagno turco con solo l'asciugamano addosso ad urlare. Poi gli scivolò anche l'asciugamano e rimase nudo.
«Fatti vedere, gran bastardo!» urlò. Era una scena strana se non imbarazzante, lui nudo nel bagno turco che urlava a non si sa chi. Alcuni dei presenti uscirono impauriti.

«Ma che cosa ti urli? E poi cosa vuoi? Per chi mi hai preso, per lo "spirito del bagno turco"? »

Non lo vedeva in mezzo a tutto quel vapore, ne scorgeva solo la sagoma e ne sentiva solo la voce riecheggiare.

«Ho fatto come mi hai detto! E ora mia moglie mi ha lasciato!»

«Ehi, calmo. Io non ti ho detto proprio nulla»

«Nulla eh? Il trucco! Che te lo possano ficcare su per il culo il tuo trucco!»

«Vacci piano con le parole. Io non ti ho detto di fare proprio un bel niente. Sei tu che hai voluto sapere, il resto l'hai fatto tutto da solo. Che cosa hai detto a tua moglie?»

«Ho detto che l'ho tradita. E ora mi ha lasciato.»

«Ma sei pazzo? Ho detto che il trucco sta nel farle arrabbiare, ma non che devi tradirle. No no, questo mai.»

«Ma era una balla! Non l'ho mica tradita io.»

«Senti, se non sei capace neanche a raccontare balle, non prendertela con me.»

«Ah no?...»

E detto ciò gli saltò addosso. Ma…

Non c'era nulla. Nessuna persona dietro il vapore. Che sia davvero uno spirito? Eppure ieri lo aveva visto. Ne era certo, era proprio lì!

«Dove sei?»

Nessuna risposta. Era diventato pazzo? Lo era già da tempo?

Tornò a casa più sconsolato che mai. Si sentiva veramente solo e per di più ora dubitava sulla sua sanità mentale.

Decise di chiamare a casa della madre di lei. Voleva implorarla a tornare. Voleva implorarla in ginocchio, se fosse stato necessario. Un po' di pena forse l'avrebbe fatta tornare.

Disperazione: Non si sa cosa è in grado di portarti a fare.

«Pronto? Lei è lì vero?»

«Lei chi?»

«Mia moglie, chi? Chi altri?»

«Tua moglie? E da quando in qua sei sposato te?» sentì una risatina al telefono.

«Scherzi?»

«No, scherzi te?» era seria.

«Mia moglie…»

«Non sei sposato, da quanto ne so.»

«Tu chi sei?»

«Sono Margaret. Non ricordi? Sei strano stasera…»

«Margaret è la madre di mia moglie…»

«Questa è buona!» rise. «Dio santo se questa è buona! Ma se ci siamo conosciuti al circolo degli alcolisti anonimi. Sei sicuro di stare bene?»

«E da quand'è che sono un alcolizzato io?»

«Beh, da quando ti conosco, che io sappia.»

Lasciò cadere la cornetta del telefono. È uno scherzo, figuriamoci. Andò a cercare l'album del matrimonio. Ma non lo trovò. Al suo posto trovò, invece, l'album delle figurine delle Spice Girls.

«Ma che diavolo?» lo guardò perplesso.

Una delle cantanti del famoso gruppo, assomigliava proprio a sua moglie.

«Che storia è mai questa?»

Si sdraiò sul letto. Ora gli girava incredibilmente la testa. E così s'addormentò.

Si svegliò la mattina dopo, sperando che tutto quello che era accaduto fosse stato in realtà un sogno. Ma non fu così. O per meglio dire, la sensazione che ebbe fu il contrario, cioè, di svegliarsi dentro a un sogno.

Non era più a casa sua. Era in una specie di cella, una cella da ospedale forse. Il suo letto era diventato una specie di branda.

La sua camera si era notevolmente rimpicciolita e oltre alla branda, c'era un water, un lavello e una piccola scrivania con sopra un album di figurine.

Improvvisamente, sentì la serratura della cella che scattava e dalla porta entrò un uomo con un camice bianco.
«È ora della pappa. Ora fa il bravo e sta buono buono. Oggi abbiamo pollo e purè di patate. Il tuo piatto preferito, vero?»
«Dove cazzo sono? Chi mi ha portato qui!?»
«Stai buono. Non mi costringere a fare ciò che ho fatto l'altra volta…»
«Chi sei?!? Chi diavolo sei? E perché sono qui? Dov'è mia moglie? Dov'è la mia casa?»
«Ma tu non sei sposato. E la tua casa è questa.» disse l'uomo con il camice bianco. Lo disse ghignando.
«Chi sei? Chi siete voi? Che cosa volete?!»

Si rannicchiò all'angolo del letto con le ginocchia alzate fino al mento. «Chi siete??» continuava a urlare.
L'uomo con il camice bianco se ne andò. Stava ridendo.
Sentiva le sue risa che riecheggiavano per tutta la cella. Lo assordavano.
Quelle risa fortissime non sentiva nient'altro. Si mise a piangere.
«Ho detto una bugia. Non l'ho tradita. Era solo una bugia… Vi prego… Vi prego…»

Ma non ci fu nessuna risposta. Solo quel suono spaventoso di risa interminabi

-Una storia senza senso-

Un giorno, una signora si avvicinò al mio posto e dato che tutti gli altri erano occupati mi chiese:

«Scusi, posso?» indicando il posto al mio fianco.
«Eh, no!» le risposi.
«Come no?»
«Non vede che il posto è già occupato?»
«Da chi? Non c'è nessuno.»
«Ma dal mio zaino, è ovvio!»
In effetti, avevo poggiato lo zaino a fianco a me, come faccio sempre d'altronde.
«Beh, lo sposti o lo metta in alto o sotto al sedile o sotto al suo culo, veda un po' lei!» mi rispose lei alquanto alterata.
«No, una volta ci ho provato, ma poi comincia a frignare, ha paura degli spazi stretti... sotto al mio culo soffocherebbe!
Certo che lei è proprio una persona insensibile!»
«Ma è soltanto uno zaino!»
«Ah, è lei è soltanto un essere umano!» sbottò lo zaino (esatto fu proprio il mio zaino a parlare). «Perché non ci si mette lei sotto al mio culo?»
«Ma... Che significa?» chiese la signora guardandosi intorno con occhi stralunati.
«Ecco lo vede? Ora me l'ha fatto arrabbiare, adesso mi terrà il broncio per tutta la serata e non aprirà la lampo fino a domattina! E dentro ho anche gli appunti di zippologia! Come faccio ora? Mi deve firmare una giustifica nel quale dice che lei ha offeso il mio zaino e non ho potuto fare nulla!»
«Sto impazzendo!» disse la signora sempre più sconvolta.
«La prossima volta sia più educata!» le disse il mio zaino. «Ho

timbrato il biglietto come tutti, lo vuole vedere?»

E detto ciò lo zaino aprì il taschino inferiore facendo sporgere un biglietto regolarmente timbrato.

«Ah... Capisco.» disse la signora che ormai non ci stava capendo più niente.

«Tzé.»

«Firmi qui, firmi qui.» le porsi il foglio e lei firmò come se fosse caduta in uno stato di trance.

Poi fluttuò via verso un altro vagone.

«Bravo, glie ne hai detto quattro!» disse una borsetta seduta due posti più giù.

«Non c'è più rispetto per gli zaini!» disse una valigia nello scomparto portabagagli in alto.

Dopo un altro po' di polemiche tutti si acquietarono e io mi misi ad ascoltare un po' di musica, contento del fatto che avrei passato il pomeriggio libero.

Come fa la gente ad essere così prepotente? Pensai.

-La ragazza della porta accanto-

È divertente notare come, molto spesso, una storia inizi con un cambiamento, per meglio dire, con un trasloco. Cambiare abitazione di certo non è facile, comporta il lascare le proprie abitudini alle spalle, abbandonare quei luoghi e quegli odori che erano entrati a far parte della tua routine quotidiana, quelle cose, insomma, che avevi persino dimenticato che esistessero perché neanche ci facevi più caso. Quel genere di cose, per intenderci, che hai bisogno di abbandonare per capire quanto siano importanti.

Ma d'altronde, cambiare di per sé non è mai facile, in ogni sua forma: è rischioso e non si sa mai cosa si potrà trovare dietro la nuova porta che si apre. Dico questo perché forse avrei fatto bene a rimanere dove stavo.

Mi trasferii nella città di Lovell per intraprendere gli studi in ortofrutticoleria, materia del quale sono appassionato sin da quando ero un bambino. Colsi un'occasione al volo, un appartamento da pochi dollari che si trovava quasi in prossimità della scuola di cui avrei dovuto frequentare i corsi. Ahimè, se lo avessi saputo prima! Un consiglio che vi do è di non fidarsi mai delle cose che costano poco ma che in realtà dovrebbero costare molto.

Partii con grande entusiasmo. Il primo giorno che arrivai ebbi una buona impressione generale. Era una palazzina con tre appartamenti, uno a pian terreno e due al piano superiore. Per di più i padroni di casa furono gentilissimi e disponibili, la signora Shaw mi offrii del tè con biscotti fatti in casa. Mai assaggiati di più buoni, vi giuro. Mi affidarono uno degli appartamenti del primo piano, lo trovai molto accogliente, pulito e luminoso. In poche parole, tutto filava liscio, tutto sembrava perfetto e, signori miei, è proprio quando sta andando in questo modo che uno dovrebbe cominciare a preoccuparsi seriamente. Chi è che aveva detto: "Non esiste perfezione senza difetto"?

La prima notte che passai lì sentii dei rumori provenire dalla stanza di fianco, come dei tonfi o certe volte come un bussare frenetico contro il muro, tanto che la mattina seguente chiesi subito informazioni ai padroni di casa. Loro mi dissero che nella stanza accanto alla mia alloggiava una ragazza malata, che, poverina, raramente usciva dalla sua stanza a causa della sua malattia e che si dilettava a fare jogging alle tre del mattino. Io, ammaliato dallo stato di benessere in cui mi trovavo oltre che dai biscotti della signora Shaw, non mi insospettii di nulla e non approfondii l'argomento.

Un giorno tornai a casa in seguito a una bellissima lezione su come bollire al meglio un piatto di broccoli, tutto contento subito mi postai davanti al computer accedendo in MSN. Appena entrato mi arrivò una notifica la quale mi diceva che un nuovo contatto mi aveva aggiunto alla sua lista. Senza esitare accettai, come un ingenuo, senza neanche chiedermi chi fosse.

Chellacheteabitaffianco@hotdog.com scrive:

Ciao ^_^

Broccolonebollito@olive.com scrive:

Ciao. Posso sapere chi sei?

Chellacheteabitaffianco@hotdog.com scrive:

Non mi conosci. Sono la ragazza della porta accanto. ;)

Broccolonebollito@olive.com scrive:

Chi ti ha dato il mio contatto?

Chellacheteabitaffianco@hotdog.com scrive:

L'ho preso da una catena ._.

E così iniziai una relazione a distanza con la ragazza che abitava nella mia palazzina. Chattavamo tutte le sere e piano piano prendemmo confidenza l'uno dell'altra. Io non vedevo l'ora di tornare a casa, sedermi, e parlare con lei.

Broccolonebollito@olive.com scrive:

Che mi diresti se io ti dicessi che mi sto innamando di te?
*innamorando

Chellacheteabitaffianco@hotdog.com scrive:

Ti direi: Yogurt. <3

Broccolonebollito@olive.com scrive:

Sei la ragazza più dolce che io abbia mai conosciuto.
Emoticon che manda un bacio

Ero cotto di lei. Così cotto da non riuscire più a vedere che c'era qualcosa che non quadrava. L'amore è un sentimento che ti manda in tilt il cervello, la tua sanità mentale è il prezzo che paghi per una cosa così bella e così speciale.

Broccolonebollito@olive.com scrive:

Incontriamoci. Voglio vederti, amore mio. Voglio toccarti, voglio percorrere i lineamenti del tuo corpo con le mie mani, voglio che i miei occhi assaggino la tua incantevole forma e che la mia mente si nutra della tua immagine nei momenti in cui mi separo da te.

Chellacheteabitaffianco@hotdog.com scrive:

Ma io sono brutta. U_U

Broccolonebollito@olive.com scrive:

Lascia che sia io il tuo giudice! Che almeno mi sia concessa una tua immagine Jpeg!
Ce l'hai le foto su facebook?

Ovviamente neanche era iscritta.
Passarono i giorni e io non facevo altro che pensare a lei, a pensare al giorno in cui ci saremo visti, in cui io avrei potuto stringerla tra le mie braccia e magari... baciarla.
Finalmente il tanto agognato giorno arrivò.

Chellacheteabitaffianco@hotdog.com scrive:

Ok. Domani lascerò la chiave sotto il tappetino. Apri la porta e mi troverai dentro… *_*

Broccolonebollito@olive.com scrive:

Oh, Amore mio… Aprirei anche le porte dell'inferno se avessi la certezza che ci sarai tu ad aspettarmi dietro di esse.

Passai quel giorno in trepidante attesa. La notte non riuscii a dormire a causa di un orrendo incubo che mi fece svegliare in un bagno di sudore.

Nel sogno ero appena uscito dalla mia camera e stavo andando di sotto per fare colazione. Quando vedo che alla porta della camera di fianco c'è una ragazza bellissima che sta tentando di infilare la chiave nel buco della serratura.
Io penso: È lei! È il mio amore!
Mi avvicino e le chiedo: "Ti serve una mano?"
Lei mi risponde: "Non riesco a girare la chiave. Non gira."
"Da qua, ci penso io." Le dico con aria da figo.
Tento di girare la chiave ma noto che è bloccata nella serratura.
Cerco di forzarla ma con scarsi risultati.
Improvvisamente mentre sono intento a sbloccare la serratura, vedo che un grosso insetto comincia a volarmi e a ronzarmi intorno. È uno strano insetto che non ho mai visto, orribile, con antenne lunghe, bocca lunga a forma di corna di scarabeo, zampette che si muovono freneticamente.
Provo una grande paura al solo vederlo. Cerco di scacciarlo via con la mano ma l'insetto non sente ragioni di andarsene, anzi, mi si attacca dietro la schiena e comincia a salire verso il collo.

71

Sento le sue zampette muoversi freneticamente sulla mia pelle. Allora in preda al terrore urlo e chiedo alla ragazza di togliermelo dalla schiena.

Ma la ragazza non c'è più.

Il giorno dopo quindi andai dal "mio amore". Controllai sotto il tappetino e la chiave era lì. Una strana chiave con sopra incisa una doppia R. Non ci feci caso e la infilai sperando di non incastrarla nella serratura come era successo nel sogno. La chiave girò senza difficoltà ed io entrai nella stanza. Davanti a me c'era un corridoio buio dal quale facevo fatica a vederne la fine.

«Amore dove sei?» chiesi io un po' intimorito

«Vieni.» Mi rispose una voce fievole che veniva dalla fine del corridoio.

«Va tutto bene? Non si vede nulla.»

«Vieni.» disse di nuovo la voce quasi in modo atono. Avanzai nel corridoio lasciando aperta la porta alle mie spalle. Una stanza si apriva sulla mia destra e mi affacciai per guardare dentro.

Ciò che vidi fu la scena più spaventosa della mia vita, la scena che non scorderò mai e che ricorderò fino alla mia morte, credo.

Era una camera sporca e sudicia, la carta da parati era stata strappata, il pavimento era pieno di polvere e coperto qua e là da qualche osso umano. Su una poltrona vicino ad un computer c'era lei, quella che avevo chiamato "il mio amore". Aveva delle grosse antenne sulla testa, gli occhi erano quelli di un insetto, la bocca lunga e simile alle corna di uno scarabeo. L'unico lato umano che aveva era che in quel momento stava indossando una vestaglia.

«Allora, amore, sono bella?» chiese lei sbattendo gli occhi da insetto.

«Maaaaaah…Sei…Normale!» dissi io scappando nel corridoio

buio e imboccando la porta d'uscita a tutta velocità. Per fortuna che l'avevo lasciata aperta.

Non tornai più in quella casa. Non frequentai più i corsi di ortofrutticoleria. Ma soprattutto, la prima cosa che feci: disinstallare Msn.

-I pensieri di una bistecca-

Correva l'anno Venti-Dieci e il mondo era prossimo alla rovina...

Ma secondo voi si può iniziare un racconto con "Correva l'anno...Ecc. ecc."? Cioè, alla fine gli anni non corrono, le persone corrono, o comunque camminano, una cosa che corre io me la immagino con i piedi e non mi sembra che gli anni abbiano i piedi, o forse sì, anche se io non ne ho ancora mai visto uno...
È un po' come quei modi di dire, tipo "Qui ci scappa il morto", i morti non scappano, sennò non sono morti, oppure ad esempio chiamare "bicchieri di carta" i bicchieri di plastica, cazzo se era davvero carta non credo che ci potevi mettere dentro l'acqua senza evitare che il bicchiere ti si spappoli in mano... E poi se è di plastica perché devi dire carta? È come se da oggi comincio a chiamare "Poppe" il sale da cucina. "Ti dispiacerebbe passarmi le poppe, cara?" E nonostante ciò tutti continuiamo a chiamarli bicchieri di carta.

Comunque, dove ero rimasto? Ah sì, il mondo era prossimo alla rovina, sembra strano ma tutti pensano che la rovina arrivi con un preavviso, come se ti dovesse avvertire per il tuo bene o come se fosse il tuo ragazzo che ti chiama e dice: "Ehi, preparati che alle otto sono sotto casa tua e mettiti il vestito sexy che stanotte facciamo baldoria", oppure come nei film catastrofici da quattro soldi in cui c'è il classico scienziato sfigato che scopre che il mondo sta per finire e chiama il presidente degli Stati Uniti, come se fosse suo zio, per dargli la piacevole notizia. Beh, come vi dicevo, niente di tutto questo, la rovina non è un film e neanche è il tuo ragazzo (o beh, dipende sempre da con chi sei fidanzata!), la rovina arriva improvvisamente e quando arriva sta sicuro che non sarai mai il nipote del presidente degli Stati Uniti (anche se magari lo sei davvero).

Nell'anno Venti-Dieci le temperature globali arrivarono a toccare picchi così alti da trasformare addirittura gli uomini in bistecche. Ebbene sì, sembra incredibile, ma mi ricordo come la gente si alzava la mattina e magari si ritrovava una bistecca sul letto al posto dello zio o della nonna, che so! Certo, se lo avessi saputo prima avrei avuto più rispetto per quei poveri manzi esposti dal macellaio Tony, quello che sta su Meat-Street, proprio quello in cui Molly prendeva le bistecche ogni santo venerdì della settimana. Alla fine a pensarci bene, quella carne ora morta che sta dietro al bancone, un tempo pascolava su di un verde prato, felice e spensierata, mentre adesso viene divorata e maciullata dai tuoi succhi gastrici senza la benché minima pietà.

Comunque, quando ti capitava una cosa del genere, cioè che ti trovavi un parente-bistecca su un letto-padella, di solito si chiamava il dottore del paese. Mi ricordo che mia madre chiamò il dottor Greedy, quando successe a mio zio Henry, e mi ricordo che la sua diagnosi si limitò a: "Beh, avete dell'olio e del sale?" e tutti scoppiammo a ridere.

Dopo qualche anno che questa piaga dilagava per il mondo, un certo scienziato giapponese trovò una soluzione al problema. Ah, questi cavolo di giapponesi ne sanno sempre una in più del diavolo, ovvero ne sanno sempre una in più di noi occidentali, se vogliamo metterla in un certo modo. Praticamente la cura consisteva nel mettere la bistecca-parente in surgelatore per qualche annetto, dopodichè bastava che la lasciavi scongelare nel lavandino per qualche ora ed ecco che tuo zio o tua nonna tornavano indietro sani come pesci o forse è meglio dire come manzi. Forse tornavano un po' frastornati e un po' cerebro lesi, ma non era quello l'importante.

Per quanto riguarda me, diventai vegetariano, un po' per scelta personale un po' perché mi avrebbe dato fastidio scoprire che la fracosta in salsa di funghi che magari avevo appena gustato, fosse in realtà qualche mio prozio o cugino di secondo grado o il mio vicino di casa.
Non lo so perché, ma vi giuro che mi avrebbe dato fastidio.

-Quattro-

- L'Uno

Quando passa sta merda di auto? Pensò il numero uno, mentre cambiava canzone dal suo I-Pod.

Il ragazzo si strinse nel cappotto nero, con la speranza di trattenere nel corpo quanto più calore possibile, cosa che in quella fredda mattinata pareva essere più un'utopia che un qualcosa di realmente fattibile.

Che sonno. Ogni mattina mi sembra di morire. Basta domani non mi alzo oppure mi faccio accompagnare da papà. Sì, magari mettendo i riscaldamenti della macchina a mazzetta. Nella fermata dell'autobus c'erano sempre le stesse facce: il solito extracomunitario, i quattro bambocci che andavano alle medie, due o tre ragazze carine con le quali ci avrebbe volentieri provato e altre due, tre inguardabili. Che merda! La scuola è una gran merda. E anche gli autobus, soprattutto oggi, ma dove cazzo è finito?

Era appena partita "21 Guns" quando l'extracomunitario si avvicinò al numero uno.

«Giao bello. Eh, a chi ora passa auto?»

Mio Dio, che palle! Adesso faccio finta che non lo sento. Che palle, ma non lo vedi che ho le cuffie!?
Il ragazzo si tolse un auricolare dall'orecchio.

«Come scusa?»

«Auto per Netuno.»

«Non lo so. Io non vado a Nettuno, però mi sembra che passi tra poco. Non ne sono sicuro comunque...» E si rimise la cuffia all'orecchio.

«Aspeto qui da due ore, non ha passato!»

Il ragazzo si tolse di nuovo l'auricolare.

«Eh, lo so,immagino… Fanno come gli pare questi!» Si rimise l'auricolare.

«Fano come li pare, sì. Io, altra volta sta aspettando auto per netuno, ho messo mano per fare fermare, e lui non fermato…andato via, e io aspettato prossimo…»

«Eh, lo so…» disse il ragazzo togliendosi l'auricolare, cercando di fare la faccia più comprensiva che potesse.

Mio Dio, ti prego fallo stare zitto, e fammi ascoltare la musica in santa pace.

«Stamattina, doveva accompagnarmi mio amico ma macchina …non partita…rimasta bloccata dal freddo.»

Sì, non me ne frega un cazzo dei tuoi problemi, lasciami in pace. «Ah, eh, lo so, capita con sto freddo.» disse il ragazzo rimettendo l'I-Pod nella tasca, dato che ormai aveva perso la speranza di ascoltare musica, almeno per quel momento.

«Doveva pasare cinque minuti...»

«Eh, ma sicuramente è in ritardo... Tra poco dovrebbe passare.»

Poi l'extracomunitario disse qualcosa che il numero uno non capì.

Ma che cazzo ha detto? Questi qua quando parlano non si capisce un cazzo!
Il numero uno, anche se non aveva capito, se ne uscì con un: «Eh, sì...» con il sorriso più sincero che potesse fare.
Che palle, la prossima volta mi metto lontano dalla fermata, almeno nessuno mi rompe i coglioni.
Proprio in quel momento arrivò l'auto che il numero uno stava aspettando.
Che visione celestiale! Pensò il numero uno trattenendo una lacrimuccia. Ora capisco che cosa provarono gli ebrei quando videro i russi arrivare ai campi di concentramento.

«Ecco il mio auto. Buona giornata.»

«Giao bello.»

- Il Due

Mi viene da piangere. Voglio piangere, ecco tutto.

Il numero due se ne stava in piedi aspettando l'autobus, quel maledetto autobus che l'avrebbe portata verso quella cosa che più di tutti detestava : la sua scuola, più in particolare, la sua classe, ancora più in particolare, i suoi compagni.
Compagni... Che parola sciocca. Mai stata parola meno azzeccata. Un compagno è qualcuno che ti è vicino o per lo meno un qualcosa di "positivo". Parola che non si addiceva per niente a quelli che erano i suoi "compagni".

Cicciopizzetta la chiamavano. Ciccio perché…beh, non c'è bisogno di spiegarlo. Pizzetta perché ogni giorno si portava da casa una pizzetta con mortadella e philadelphia.

Beh, ma che vogliono se sono un po' "rotondetta"?

"Rotondetta? Ma ti sei vista?" disse una ilarante voce nella sua testa. "Se il problema era di essere "rotondetta", allora ok. Ma qui si parla di ciccia strabordante, fianchi lardosi, budino al latte…"

Stai zitta!

Che pena. Addirittura me stessa mi prende in giro. Faccio proprio pena.

"Già, fai pena,mia cara. Perché vogliamo parlare di ieri sera? Quando hai messo quel link su facebook che diceva "SE MI

VUOI BENE ANCHE UN POCHINO METTI "MI PIACE" QUI SOTTO!" Quanti "mi piace" ti hanno messo, eh? Zero! Ahahahah! ZERO... Z – E – R – O!"

Mio dio, sto diventando pazza.

Alla fermata c'erano le solite persone, quelle facce che ormai aveva imparato a conoscere anche se in verità non conosceva nessuno di loro: il solito extracomunitario, i quattro bambocci delle medie, un vecchio seduto sulla panchina, e le solite due o tre ochette che civettavano come al solito.

Che rabbia che mi fanno, pensò il numero due.

E poi c'era lui, come al solito. Il ragazzo che gli piaceva. Era un ragazzo moro, alto e slanciato, che in quel momento stava ascoltando musica da un I-Pod.
Mio dio quanto è bello...

"Come se avessi qualche possibilità, cicciopizzetta!"

Già, questa volta ti do ragione. Il ragazzo ora sembrava aver smesso di sentire musica e si era messo a parlare con un extracomunitario. Il numero due continuava a guardarlo, continuava a cercare quei suoi occhi scuri, bramosa di affondare le mani in quei lisci capelli neri.

"Non guardare cicciopizzetta! Occhio non vede, cuore non duole!"

Oh, sei diventata anche saggia! Il numero due distolse lo sguardo e per un attimo incrociò quello del vecchio seduto sulla panchina, il quale pareva stesse guardando proprio lei. Quello sguardo le fece venire i brividi. Il vecchio la fissava con occhi profondi, di un grigio grave e pesante come il cielo in tempesta. Aveva stampato sulla faccia un sorrisino (o più che altro un ghigno impercettibile) che l'aveva messa fortemente a disagio.

Distolse lo sguardo da lui e cercò di concentrarsi sull'eventuale arrivo dell'auto.

Proprio in quel momento, infatti, vide da lontano il grosso autoveicolo blu e ne fu quasi grata. Ma quando salì i gradini della vettura e prese posto un pensiero le ritornò nella mente, come un tarlo che le mangiucchiava il cervello: Piangere, voglio solamente piangere.

- Il Tre

Questo auto sempre ritardo, pensò il numero tre.
Era in Italia da almeno quattro o cinque anni ed era sempre la solita storia. Ma sicuramente meglio lì che in madrepatria, quello sì.
Amava la sua patria. Ma il lavoro era poco e che scelta aveva? Rimanere lì e far morire di fame lui e la sua famiglia oppure andare via. Già la sua famiglia.

La famiglia era rimasta in madre patria e lui era venuto in Italia, con la speranza di un lavoro e guadagnarsi qualche soldo da mandare a loro.

Ogni mese seicento euro alla famiglia. Tutti i mesi esattamente, ogni dieci del mese mandava i soldi in madre patria per sua moglie e suo figlio. Duecento euro li teneva per sé e se li doveva far bastare per tutto il mese. Non "poteva", ma "doveva".

Era una questione di sopravvivenza, si ripeteva sempre. Anche quando rimase al freddo a dormire su una panchina, anche quando rimase arrivò per la prima volta in quel cantiere abbandonato con le case ancora in costruzione, anche in quei casi se lo era ripetuto.

Beh, l'importante è che la mia famiglia stia bene.

Ora era rimasto al cantiere, almeno finché non lo scoprivano. Faceva molto freddo lì, non c'era il bagno, e quindi era costretto a farla lì dove gli capitava. Ma almeno era al riparo da occhi indiscreti. Almeno un tetto (se pur non suo e ancora incompleto) ce l'aveva, per quando pioveva.

Eh, che fine che hai fatto amico mio… pensò il numero tre.

Dato che l'auto sembrava tardare si avvicinò a un ragazzo per chiedergli qualche orario. Detestava parlare italiano. Una lingua piena di verbi e di regole, a suo opinione inutili. Ma ormai doveva abituarcisi fintanto che era lì.

Il ragazzo pareva scocciato dalle sue domande. Ti pareva, ci trattano sempre così a noi…Gli avessi chiesto di ripetermi il corano.

Gli fece una domanda al quale il ragazzo rispose tutta altra cosa. Non capiva o faceva finta di non capire.

Che razzista… Sono tutti razzisti. I ragazzini, gli autisti, tutti.

Stava facendo tardi a lavoro, il suo misero e sottopagato lavoro da manovale. Ma quello poteva fare, quello gli era capitato e quello aveva preso.

L'importante è che la mia famiglia stia bene, pensò il numero tre.

- Il Quattro

Il numero quattro osservava il mondo da una panchina. Non da un oblò, come diceva la canzone, ma da una semplice panchina di una qualsiasi fermata dell'autobus.

Ormai in pensione da molti anni, si divertiva ad osservare la gente che aspettava l'auto. Lo trovava la cosa più interessante e allo stesso tempo divertente, di qualsiasi film, soap opera o via dicendo.

Inoltre, si dilettava a intrattenere discussioni con un albero situato affianco alla panchina.
La vecchiaia, in particolare, la noia sono delle brutte bestie non trovate?

Allora Albero, che cosa abbiamo oggi? Sai a volte ti invidio. Te ne puoi rimanere qui tutto il giorno, giorno e notte, ad osservare... Potessi io!
Dunque, che cosa abbiamo oggi? Ah, pare che il nostro amico extracomunitario sia parecchio nervosetto oggi... Eh, già questi dannati autisti fanno come gli pare...Oh, ma guarda la nostra amica cicciottona come sembra triste stamattina...
Qualche ragazzo l'avrà rifiutata?

Una folata di vento mosse le foglie dell'albero, provocando un fruscio simile a una lugubre risata.

Stai ridendo? La ragazzina non sembra divertita come noi, però. Guarda come fissa quel ragazzo moro... Ti piace, cicciottona? Perché non ci parli allora?

La ragazza si girò e per un attimo incrociarono gli sguardi.

Chissà se mi ha sentito, si chiese il numero quattro.

Quel ragazzo però non sembra molto interessato. Anzi, è molto scocciato dall'extracomunitario a quanto pare!

Dopo pochi minuti gli autobus passarono e la combriccola poco prima riunita dal caso, lì alla fermata, si stavo piano piano diradando.

Eh, caro amico mio, tutti qui aspettano qualcosa e noi due che aspettiamo? Le facce cambiano alla fermata, gli autobus arrivano, partono, e poi ritornano, ma noi due siamo sempre qui. È così che funziona il mondo, la grande commedia umana che va avanti da secoli! E tu lo sai bene dato che avrai più anni di me.

Un'altra folata provocò quella specie di lugubre risata.

Già, alcuni arrivano, altrettanti se ne vanno… E prima o poi toccherà a tutti salire su quell'autobus, me compreso, stanne certo.

Un giorno anche io mi alzerò da questa panchina e prenderò la mia ultima corsa, la corsa che sul cartello non ci trovi scritto "Velletri" o "Roma". Ci troverai scritto una sola parola scritta a lettere cubitali, e sta sicuro che poco ci vorrai salire… Capisci cosa intendo?

Ma stavolta l'Albero rimase in silenzio, nessuna folata e nessun fruscio.

Sì… Penso che tu abbia capito, disse il numero quattro.

-Il Puzzle-

In una giornata di tempesta, due giovani innamorati, non potendo uscire a causa del maltempo, per ingannare l'attesa iniziano a fare un puzzle in scatola.

«Sai che mi viene in mente, amore, su sto puzzle che stiamo facendo?»

«Che cosa?»

«Niente, immagina che tutti questi pezzettini di puzzle fossero delle persone. Ogni pezzo combacia perfettamente con altri pezzi, ma non con tutti, purtroppo, anche perché sennò sarebbe troppo facile finire il puzzle. È proprio questo il bello del gioco: trovare l'altro pezzo che combacia perfettamente con il tuo. Ovviamente non è detto che solo un pezzo combacia ma ce ne possono essere più di uno, ovvero di solito un pezzo si attacca almeno ad altri tre o quattro. In qualsiasi caso, il tuo pezzo potrà dirsi completo solo quando combacerà con il suo simile affine. Un pezzo senza la sua metà che lo completa non ha valore. Così come il puzzle, se prendiamo i pezzi singolarmente, è soltanto un mucchio di cartoncini colorati senza senso, mentre acquista un valore di ordine e di "felicità" solo quando è completo. E come ti ho detto all'inizio, la stessa cosa vale per le persone: da soli non abbiamo un senso, da soli siamo il disordine e siamo infelici… La nostra vita ha un senso solo quando abbiamo trovato la nostra dolce metà.»

E detto ciò, si diedero un leggero e romantico bacio, quello che solo da due persone innamorate è possibile ammirare.

«Senti, ma riguardo a quella storia che non è detto che c'è n'è solo uno ma che possono essere un po' più di uno, che volevi dire?»

«Ehm… Ma niente! Dai che volevo dire…Toh! Guarda ridendo e scherzando l'abbiamo finito… Bello, no?»

«Sì, molto carino… Ehi, guarda è avanzato un pezzo. Non è che abbiamo sbagliato qualcosa?»

«Non mi sembra. Sembra tutto completo. Ho sempre sentito di pezzi mancanti del puzzle ma mai di uno che avanza. Mah, buttiamolo.»

-La fine-

Lui venne nel Campo Fiorito. Il suo Destriero, nero come la pece, sembrava molto stanco e malato. Alzò gli occhi al cielo e vide che le stelle stavano riposando su un letto nero. Si avvicinò al Destriero, lo accarezzò e gli sussurrò qualche parola all'orecchio: "Resisti, è quasi tutto finito."
Sembravano due fantasmi in mezzo ai fiori.

"Hai paura?" disse alle sue spalle l'Uomo Incappucciato.
Lui si voltò sorpreso da quella presenza. "Chi sei? Come ho fatto ad arrivare sin qui?"

"Sei qui perché l'hai voluto. Questa è la fine e ora dovrai scegliere."

"Scegliere cosa? Non voglio scegliere."

"Tutti dobbiamo scegliere, prima o dopo. Devi attraversare il portale oppure rimanere qui nel Campo Fiorito." L'Uomo Incappucciato gli indicò un portale dorato che comparve solo in quell'istante al centro del Campo. Era un portale enorme, ornato da statue d'oro e ricoperto da scritte di un linguaggio che non aveva mai visto. L'entrata del portale era aperta ed era di un nero così denso da far male agli occhi, come quando si è colpiti da una luce intensa.

"Che cosa troverò dietro il portale?"

"Dovrai affrontare un mostro. Se perderai, lo dovrai portare sulle spalle come un fardello, per tutta la vita. Se vincerai, lui camminerà al tuo fianco e ti aiuterà quando ne avrai bisogno. Se rimarrai qui, invece, vivrai per sempre in un mondo illusorio che non ti appartiene e non potrai svegliarti più."

Allora lui si avvicinò al portale. L'Oscurità era densissima e bramava di inghiottirlo. Tra la moltitudine di scritte che ricopriva il portale d'oro, ne riconobbe una e la lesse.

"Dunque è così che finisce?" chiese all'Uomo Incappucciato.

"È così. Allora, che cosa scegli?"

Gli chiese l'Uomo Incappucciato sogghignando.

-Un'ultima storia-

C'era una volta un ragazzo che camminava lungo un sentiero quando a un certo punto vide la bocca di una caverna aprirsi su una piccola montagnetta non lontana dal sentiero.

Quel sentiero l'aveva percorso molte volte per tornare a casa, sin da quando era bambino, ma solo ora si rese conta di quella caverna. "Chissà perché l'ho vista solo ora?" si chiese il ragazzo.

Così, incuriosito, si avvinò all'entrata. Mano a mano che si avvicinava vide che, appena fuori dalla bocca della caverna, c'era uno gnomo seduto su una roccia che stava sbucciando una mela. Appena lo vide, lo gnomo si avvicinò a lui e gli chiese: "Ma che voi un pezzo de mela?"

Il ragazzo rispose: "No."

"Allora non potrai mai affrontare il drago." Disse lo gnomo con aria triste.

"Quale drago?" chiese il ragazzo molto confuso.

"Il drago della caverna, ma è ovvio!" rispose lo gnomo.

"Non ne ho mai sentito parlare. C'è un drago in questa caverna?"

"Certamente! L'antica leggenda narra che un giorno arriverà un ragazzo venuto dall'ovest, abbastanza bruttarello, che ucciderà il drago e libererà tutti dalla maledizione. Inoltre, la leggenda narra che questo ragazzo mi chiederà un pezzo di mela. Così appena ho visto il tuo volto ho pensato che fossi tu! Però... Non mi hai chiesto la mela." Concluse lo gnomo tristemente.

"Ma che ci devo fare con una mela!?" Chiese il ragazzo leggermente esasperato.

"La mela fa parte della leggenda. È necessaria. E comunque non sei te il ragazzo, per cui puoi anche andartene!" disse lo gnomo con aria spocchiosa.

"No! Adesso voglio vedere se c'è veramente questo famigerato drago. Dammi un pezzo di mela!"

"No! Non sei tu il prescelto!" rispose lo gnomo che nascose la mela dietro la schiena.

"Va bene, allora entrerò senza la mela." Disse il ragazzo avviandosi all'imboccatura della caverna.

Lo gnomo sbalordito gli disse: "Non avrai nessuna speranza ragazzo!"

Ma il ragazzo entrò lo stesso.

L'interno della caverna era un luogo umido e lugubre. Il ragazzo tirò fuori dal suo zaino una torcia e la accese. Per fortuna che sua madre gli diceva sempre:"Non uscire mai senza torcia, non sia mai dovessi entrare in qualche caverna durante il tragitto."

Appena la accese, dei pipistrelli cominciarono a volare disorientati infastiditi dalla luce.

"Spegni 'sta luce, pischè!" gli disse un pipistrello che poi andò a sbattere contro il muro.

Il ragazzo proseguì oltre non facendo caso alle grida dei pipistrelli. Da quanto sapeva i pipistrelli erano esseri notturni con poco cervello, che rimanevano in discoteca fino a tardi, perciò di giorno dormivano e la notte uscivano.

Passò vicino a un ruscello sotterraneo, nel quale nuotavano felicemente dei pesci argentati con i baffi. Un pesce si avvicinò alla riva e gli chiese: "Dove andando tu stai, fanci ullo?"

"Cerco il drago della caverna." Rispose educatamente il ragazzo.

"Il drago della caverna dici? O la caverna del drago? Fanci ullo? In caso di ogni, io ricordo la strada per arrivare presso, se vuoi puortami con te, fanci ullo, e io ti puorterò da egli." Disse il pesce argentato, in un linguaggio molto strano.

Il ragazzo capì e stento e rispose: "Grazie, mi faresti un grande favore."

Così il ragazzo raccolse il pesce dalla riva e lo portò con sé. Dopo qualche attimo però, il pesce cominciò ad avere delle strane convulsioni, ed iniziò a sbattere le pinne a destra e a manca.

"Miuo Dio, sto per morireeeeeeeeee! Non puosso respirare, fanci ullo!"

Così il pesce morì tra le braccia del povero ragazzo. "Se sapeva che sarebbe morto, perché mai è voluto venire?" Si chiese giustamente il ragazzo.

Seppellì il pesce lì dove si trovava e proseguì per la sua strada. Ad un certo punto arrivò ad un bivio. Al centro del bivio c'era un cartello con su scritto:

Se vuoi incontrare il drago della caverna vai a destra.
Se vuoi incontrare il drago della caverna vai a sinistra.
Se vuoi incontrare il drago della caverna premi X, O, SU,
GIU', DESTRA, fai la gira volta, falla un'altra volta.
Se vuoi incontrare il drago della caverna torna indietro.

Il ragazzo non capì nulla di quel cartello e pensò fosse un indovinello. Ma, dato che non aveva voglia di rompicapo in quel momento, imboccò la strada e destra e sperò in bene.

Il sentiero a mano a mano cominciava ad allargarsi. Arrivò in un grande salone sorretto da imponenti colonne altissime e robustissime. Al centro della sala, c'era una grande spada lucente ricoperta di zaffiri e rubini. In fondo c'era il drago seduto su un immenso trono a leggere un giornale.

Appena vide il ragazzo avvicinarsi, il drago disse: "Vedo che hai risolto l'indovinello del bivio, ciò vuol dire che sei un ragazzo valoroso e degno di essere qui."

Il ragazzo rispose: "Ehm...Sì."

"Dunque," continuò il drago. "Mi hai portato la mela?"

Il ragazzo per un attimo non seppe che rispondere. Dal vivo quell'immenso drago faceva molta più paura di come se l'era immaginato. "Eccola, ce l'ho qui nello zaino." Mentì il ragazzo.

"Bene, bene. Perché se non l'avessi avuta, sai cosa ti sarebbe successo, vero?" Disse il drago scoprendo i denti e sputando fuoco a meno di un centimetro dal ragazzo.

Il ragazzo impaurito cominciò a far finta di rovistare nello zaino, intanto malediceva se stesso per essere venuto fin lì e maledì anche quello stupido gnomo dell'entrata che non gli aveva dato la mela.

"E adesso che diavolo faccio?" Pensò disperatamente il ragazzo. "Certo, se fosse stato un telefilm adesso sarebbe scattata la pubblicità, ed avrei avuto più tempo per pensare. Ma questo è solo un racconto e non so proprio che fare."

"Allora? La prendi o no questa mela?" Chiese impaziente il drago.

"Ehm... Non la trovo." Rispose con voce flebile il ragazzo.

Il drago sputò di nuovo fuoco e per poco il ragazzo non finì arrostito. "TROVALA. ADESSO."

Allora al ragazzo venne un idea geniale. "Non la riesco a trovare perché sono cieco dalla nascita. Prova a vedere te nel mio zaino, tu che hai occhi grandi e più buoni di me. O forse non ne sei in grado?" Disse il ragazzo con tono di sfida.

Il drago scese dal trono e si avvicinò allo zaino del ragazzo. "Va bene, ma se non c'è ti ucciderò."

Allora appena il drago prese lo zaino e cominciò a rovistarci dentro, il ragazzo corse al centro della sala ed afferrò la spada ornata di zaffiri e rubini, poi tornò dal drago che era ancora intento nel suo scopo e affondò la spada nel suo cuore con tutta la forza che aveva.

"AAAAAAAA! MORTACCI TUA!" disse il drago morente.

Il ragazzo sfilò la spada dal cuore del drago che si trasformò in cenere facendo rimanere di lui solo le ossa.

Così il ragazzo spezzò la maledizione e i pesci argentati con i bassi del ruscelletto tornarono ad essere persone, i pipistrelli tornarono ad essere persone normali, lo gnomo dell'entrata si trasformò in una bellissima fanciulla bionda, stavolta con due belle mele che donò al ragazzo senza obiettare, si sposarono e vissero tutti felici e contenti.

-Epilogo-

"Eccoci arrivati all'epilogo. Non credevo che arrivassi fin qui, devo ammettere che sei una persona molto matura e intelligente. Spero tanto di rivederti un giorno per farci rivivere a tutti quanti, magari tra un po' di tempo, quando sarai cambiato e leggerai le mie storie in modo differente, così che anche noi rivivremo in modi diversi e differenti ogni volta. Ci mancherai tanto!"

"Sappi che dice così a tutti quelli che leggono."

"È naturale! Sono solo una parola stampata su un pezzo di carta, mica posso dire ogni volta qualcosa di diverso!"

"Anche questo è vero."

"Dunque addio, mio caro lettore, ricordati che puoi tornare quando vuoi, noi siamo sempre qui, basta che vai all'inizio del libro!"

"E ricordati di lavarti i denti frequentemente!"

"Giusto! Beh, penso sia tutto."

"Già, è ora di svegliarti."

Ringraziamenti

Grazie davvero col cuore per aver letto il mio libro. Lo so, probabilmente alcune cose non sono ben riuscite, ma ehi, devi capire che sono racconti che ho scritto tanto tempo fa, quando ero ancora un fringuelletto. Forse non saranno ben riusciti, ma c'è anima e amore e secondo me è questo l'importante.

E poi... Sono soltanto delle stupide storie per farti compagnia, nulla di più, o no?

P.s. Più avanti ti attende un'ultima (stavolta davvero) storia, non fartela scappare! ;)

Storia speciale per persone molto speciali

-Storia di un ragazzo senza gambe-

C'era una volta, nel paese dove bisogna star certi che i piccoli risparmiatori non perderanno neanche un euro, un ragazzo molto triste perché era nato senza-gambe. Il fatto strano però è che la gente del suo paese, compresa la sua famiglia, non si accorgeva di questa terribile "mancanza" per cui, vedendolo sempre triste, lo ammazzavano di botte perché pensavano fosse un emo. Gli altri ragazzi lo sfidavano sempre a fare gare di velocità dei cento metri piani o la tremila siepi - dato che era proprio un'usanza del suo paese- e lui accettava sempre per orgoglio e per non dargliela vinta. A fine gara però tutti lo deridevano perché aveva perso e lui giustamente ribatteva "Vabbé, grazie che avete vinto, non c'ho le gambe!", ma gli altri replicavano "Tutte scuse!" "Ma non dì cazzate" "Viva il Duce!" "emo di merda!" e lo picchiavano. Così se ne girovagava tutto solo per il paese, invidiando gli altri che se ne stavano in piedi sempre felici a correre e a godersi la vita sopra quelle due splendide gambe o in alcuni casi su tre (*vedi Rocco Siffredi n.d.r.*). Già, è proprio così, madre natura non distribuisce mai equamente i suoi doni: a chi troppo e a chi niente. Piano piano i pensieri del ragazzo venivano sempre più corrotti dalla tristezza, il veleno ora scorreva nelle sue vene, come unica risposta di salvezza si vide costretto a diventare una persona cattiva! Cominciò a compiere azioni spietatissime e malvagie come ad esempio fare scherzi telefonici a suo nonno oppure suonare e scappare ai citofoni della gente (anche se, non avendo le gambe e quindi non riuscendo a scappare in tempo, lo sgamavano sempre) oppure a fingersi una ragazza lesbica su facebook per prendere le foto dalle altre lesbiche. Ma dopo poco il ragazzo senza-gambe fu stanco di questa vita da delinquente e non vedendo altra scelta intraprese la vita da barbone. Ma questa vita durò poco perché dopo qualche minuto il ragazzo si suicidò buttandosi di sotto dalla cima del K2.

Questa storia ci insegna che se hai tre gambe allora sei Rocco Siffredi.

Annotazioni